壊《かい》胎《たい》

Story and supervision
by
Mutuu

Additional writing
by
Kurojyuji

Illustration
by
Aouzai

KADOKAWA

Published by
KADOKAWA
CORPORATION

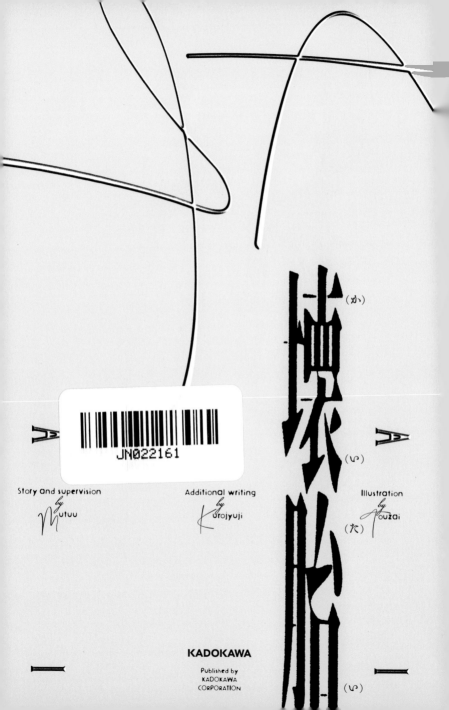

???
三上ひとみ
HITOMI MIKAMI

御巫千聡
CHISATO MIKANAGI

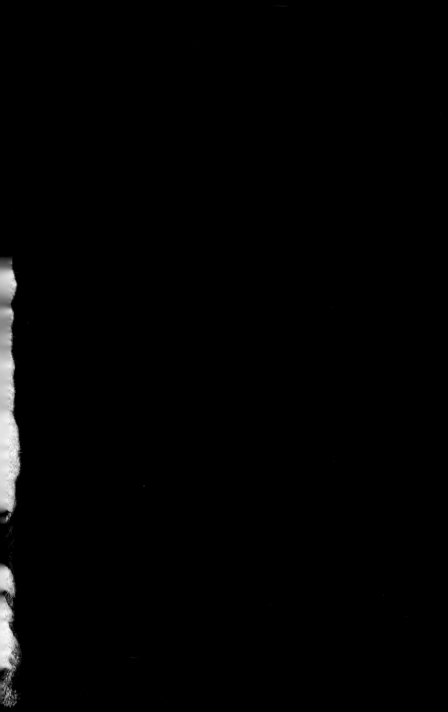

壊胎

目《もく》次《じ》

第一章

昔々、あるところに私たちの祖先が暮らしていました。

くちなわ様の〝ごかご〟のおかげで、みんな幸せでした。

しかし、そんな恩を忘れて人間に恋した裏切者が現れました。

裏切者は、人間に私たちの秘密をあらいざらい話してしまったのです。

その話を聞いた人間たちは、しめしめと私たちの国に襲いかかりました。

私たちは為す術もなくやられ、散りぢりになってしまったのです。


くちなわ様は、人間に恋した愚かな裏切者に激昂し、恐ろしい呪いをかけました。

呪いの子を裏切者の胎内に仕込んだのです。

呪いの子は裏切者の腹の中で際限なく大きく育っていき、最後は母体を突き破って産まれてきます。

母体は肉塊と化し、死にます。

この呪いは、生まれた呪いの子にも、母と同じ末路を辿らせます。呪いの子は、呪いの子を孕んで死ぬのです。永遠に呪いを受け続ける一族となるのです。

呪いの子は、あの醜い人間どもと似た姿で産まれるのも特徴です。

簡単には死なせず、腹が破裂して死ぬまでの間、私たちの奴隷として使いつぶします。

この一族は不幸でい続けることが、生きる意味なのです。


くちなわ様に逆らえば、こうなります。

くちなわ様の恨みは根深く、一睡もせずにこの呪いをかけ続けてくれています。

くちなわさま ありがとう。
くちなわさま ばんざい。
くちなわさま ばんざい。

おしまい。

――ガンガンと、鈍く籠った音が響く。

一度悩むように止まったその音は、思い返したようにまた鳴り始めた。

……うるさい。

眼を開ければ、そこは何の視覚情報も入ってこない暗闇だった。覚めたばかりの脳を無理やり回転させ状況の把握につとめる。

腕を動かそうとするとすぐ壁のような何かにぶつかった。そのまま右手を壁に這わせて形状を探る。側面の壁はそのまま私の頭上まで続いている……。どうやら私はドーム状の何かに覆われた狭い空間で仰向けに寝ているらしい。

（なんだここは。私はここで何をしている？）

先ほどからガンガンと鳴り続ける音と一緒に、くぐもった人の声のようなものが聞こえる。

（誰だ？　私のことを呼んでいる……？　出て行って大丈夫なのか？）

反応して良いものか。しかしこの空間に寝そべっていても為す術はない。そもそも自分の意思でこの暗闇から出られるのかわからないが、脱出を試みようとした、そのとき。

――ずるり、と何かが腰の下を這った感覚がした。

背筋に冷たいものが走り、半端に起きていた脳が一気に覚醒する。反射的に眼前に位置する壁を全力で押し上げた。

「うぉっ！」

空気が抜ける音と共に、蓋のように覆っていた壁が視界から離れていき、僅かばかりの光が入ってくる。横に開いた隙間から転げ出るように脱出して片膝をつくと、若い男の驚いたような声が聞こえてきた。

「びっくりした……お姉さん動き速過ぎない？」

懐中電灯の明るさが眩しい。

私が入っていた何かは小さなポッドだったようだ。この部屋自体が薄暗いためよくは見えないものの、そのポッドは円柱型になっており、私が押し上げた蓋が足元側を起点に半開きになっている。

そのポッドの脇に人影が二つ。そのうちの一人が今声をかけてきた男だ。ポッドを外からノックし声をかけていたのもこの男だろう。

「気をつけろ。そのポッド、中に何かいるぞ」

私がポッドから目を離さずにいると、近くのポッドに腰かけたもう一つの人影が声をかけてくる。

「……アオダイショウだよ。大丈夫。毒はないから」

この静かな空間でなければ聞き逃したのではと思うほどの小さな声で、その女はぽつりと呟いた。そこで私は初めてその二人に視線を向ける。

入院着のような服を着た男女。二人とも裸足。男は二十歳前後、女は十代後半といったところか。黒くウェーブがかった長い髪が邪魔で女の表情はよく読めない。

「お前は誰だ？　お前ら、何の目的で私をこんなところに入れていた？」

私が睨みつけると、焦ったように男がまくしたてる。

「いやいやいやちょっと待って！　違う！　俺らも被害者！！　仲間仲間！！！　多分！」

「蛇の種類まで知っていたくせにか」

「いやそれは知らんけど！　ミカミサンがたまたま蛇ハカセだっただけだって！　ね!?」

「う、うん……。ごめんなさい……」

……博士。

その単語に一瞬引っかかりを覚えたが、今はそれどころではない。

〝ミカミサン〟。それがこの女の名前らしい。随分とおどおどしており、栄養の足りていなそうな細い体がさらに縮こまっている。

「大体お前たちは――」

追及を続けようとした、刹那。

びたり、びたり。

鼓膜が捉えたその音は、確かな重量を持つ何かの足音のように思えた。少なくとも人が発する音ではない。

――では一体、何の？

その場にいた全員が反射的に息を殺す。全ての神経がその音に集中する。全身の毛が逆立つ。鼓動が一気に速くなる。ぶわりと嫌な汗が噴き出て、緊張で硬直した身体とは裏腹に脳の回転は異常に加速する。

理屈ではない本能としか言いようのない何かが、この場にいては危険だと警鐘を鳴らす。

……もしかしたら助けが来たかもしれないというのに、少しもそうは思えない。

「……こっちに来る！」

押し殺した声でそう言うや否や、男が私の腕を引く。あの足音の主とこの男ならばこの男の方がまだ安全だろうか。

「ミカミサン、さっきのカードキーお願い！」

「う、うん……！」

この部屋に詳しいのか、それとも私がポッドから出る前にあたりをつけていたのかわからないが、男は真っ直ぐ金属製の扉に向かった。扉の横にはカードキーリーダーがあるのだろう。女がカードを差し込むと無機質な電子音が鳴り、扉が開いた。

扉の先も薄暗くて何もない空間だった。隠れられるようなものは何もなく、仕方なく部屋の隅……扉から入った瞬間だけは死角になる場所に身を屈める。

扉が閉まる。その瞬間、閉まった扉の向こうで大きな衝撃音が響いた。

思わずびくりと体が震える。私たちが先ほどまでいた部屋からは、金属がひん曲がるような音がして、例の足音が続く。

壁を無理やり壊して部屋に入ってきたとでもいうのだろうか。

何かを、いや私たちを？　捜しているのか、室内にあるものを全てひっくり返しているのではと思うような激しい物音がする。

「ひっ……！」

破壊音が響くたび、女の体がびくりと震えるのが背中越しに伝わる。

私たちは捜されているのか？　何のために？

「ミカミサン、大丈夫、大丈夫……」
そうなだめる男の声も震えていた。
見つかったら……私たちは、どうなる?
希望的観測で言えば〝助けが来た〟だ。
しかし。
極度の緊張。
高まる心拍がやたらと脳に響く。
うるさいのは脳内だけで、この静寂な空間には隣の部屋の音が鮮明に聞こえてきた。

「ギタギド・デダデラバ」
「……ゴドジョグダ・ガロバイミ・ゴズグダグ・ジャメムバダ」

……会話のようなもの。全く覚えのない言語。声質まで不可解で、それは……。
(……鳴き声? いや、それにしては会話のような……)
人のものとは思えない足音、人のものではありえない力、人のものとは違う会話。
なんだここは。私はどうしてこんなところにいて、何に巻き込まれている。
汗で顔にへばりついた髪の毛が鬱陶しい。それでも、髪をはらう動作すら今はしたくない。息を殺し、気配を殺す。

（落ち着け……落ち着くんだ……音を出せば気づかれる……！）

人ならざる声はそれ以上聞こえてこない。代わりに聞こえてきたのは、何かが部屋から立ち去る音だった。


隣の部屋から完全に音が消えた。にもかかわらず、依然として自分の鼓動がうるさい。呼吸が浅くなり体が強張っているのがわかる。

「……もう、行っ、た……？」

緊迫した空気を最初に破ったのは、男の情けない声だった。

「……ああ、行ったようだ」

深く息を吐き、呼吸を整える。しゃがんでいた二人に手を貸して起こしてやる。女はまだ随分と震えていた。

自分より怯え切っている女を見て落ち着いたのか、男は先ほどまでのおどけた調子で私に声をかける。

「ねえ。俺たちと今の奴ら、どっちがお姉さんの味方だと思う？」

「……まあ、少なくともあっちではなさそうだな」

「でしょ！　いや俺らほんとに同じ立場なんだって！　服一緒だし！！」

そう言われて初めて自身の服に目をやる。確かにこの二人と同じ入院着のようなものを着ている。こんなものを着た記憶はない。

……いや、そういえば私はどんな服を着ていた……？

「俺、起きたら真っ暗な空間にいて。超テンパって暴れてたら蓋開いてさ。そしたらミカミサンが立ってたんだよね。で、ミカミサンに聞いたら同じようなもんだっていうから、二人で部屋調べてたわけ。そしたら俺たちが入ってたようなポッドがもう一個あったから〝これ絶対もう一人いるじゃん〟と思ってさ〜」

「それで私が入っているポッドを執拗にノックしてくれたわけか。ご丁寧に」

「なんか知ってるかもなと思って！」

「期待に応えられずすまないな」

そんな応酬をしながら自分の服装や身体を確認していると、左腕に鈍い痛みが走る。

（この腕のだるさ、熱を持った感じには覚えがある。これは……）

左袖をまくると、そこにはやはり注射痕があった。

「うわ！　なんだこれ！」

私が自身の腕を確認しながら思案しているのを見て、男も自身の腕を確認したようだ。同じような注射痕があったらしい。

「……お前にもあるのか？」

私が女に視線を向けると、女は袖をまくり、左腕をおずおずと差し出してきた。女の腕にも注射痕があった。私と男のものより径が太い注射痕のように感じる。

それにしても華奢だ。こいつちゃんと食っているのか？　腕を掴むと随分と冷たく、手首にはぐるりと一周あざのようなものが見える。

(訳アリと言わんばかりの女と、頭の軽そうな男。そして私。……共通項は、なんだ？)

「二人とも、注射を打たれた記憶はないんだな？」

「無いよ！　今気づいたし！」

「……わ、私も……」

「意識の無い間に打たれたと考えるべきか……」

毒ではないだろうな、と言いかけて口をつぐむ。徒に若者の不安をあおってもしょうがない。もっと情報が欲しい。ここはどこで、私はなぜここにいて、この注射痕は何で、先ほどの声は、足音は、何だったのか。

あらゆる情報が不確かな状況に、足元がぐらりと揺れるような感覚に陥る。

「……情報を集めよう」

何も判断できないのは、判断材料が無いからだ。ここで止まっているわけにはいかない。この部屋に逃げ込んだ時は気が動転していて気がつかなかったが、部屋の奥には上に続く階段があるのが見える。私が階段に向かうと二人は恐る恐るついてきた。

階段の先に誰もいないことを確認し、静かに階段を上る。

素足には鉄製の階段が冷たい。階段を上るごとに、ぺたぺたと肌が鉄から剥がれる音がする。

踊り場を過ぎたあたりで、その音の中に何か別の音が混ざりだした。

（……雨？）

バチバチと激しく水が打ち付けられる音がする。どんどん大きくなる音を聞きながら階段を上り切ると、そこには鉄製の大きな扉があった。扉の上には赤いランプがぼうっと光っている。

扉の一部、ガラス張りになった部分から外を覗き、……絶句した。

目にした外の景色は暗雲が垂れこめていて、激しい大粒の雨がガラスを叩き付けている。

そして、その先にはどこまでも広がる……ゴウゴウと波が荒れ狂った海が見えた。

そう、海だ。そして、海以外に何も見えないのだ。

〝足元がぐらりと揺れるような感覚〟？

いや違う。実際に揺れているのだ。ここは……。

「……ここ、船？」

男がぽつりと呟く。

そう、私たちは船の中にいるのだ。

真冬の海、悪天候に囲まれて、原因もわからず、人とは思えない何かと共に。

「……お姉さん、泳げる？」

「泳げるとも。常識的な距離で、常識的な水温で、常識的な高さの波ならな」

「すげー冷静。ちなみに俺は泳げない」

こいつが泳げないことを差し引いても、ここから船外に身一つで脱出することは不可能だ。そもそもこの扉も開かない。私たちは諦めて階段を下りることにした。

・

ぺたぺたと階段を下りながら、男に問う。

「お前、船に乗った記憶はあるか？」

「全く。人生初の船。船がトラウマになりそう」

「そうか。ここで目が覚める前の直近の記憶はなんだ？」

「え？　普通に大学行って帰って飯食って寝たけど」

私も船に乗った覚えがない。入院着に着替えた覚えも、注射を打った覚えもない。

私たちは何らかの理由で誘拐され、注射を打たれたのだろう。

くそ、何も思い出せない。

そもそもそれ以前のことも何も思い出せないのだ。

記憶が無いのは注射の影響かと思ったが、大学生らしいこの男には船に乗る前の記憶があるらしい。

じゃあこの注射は何だ。少し血を抜いたというわけではないだろう。わざわざ連れ去る必要が無い。

……別の情報が必要だ。

「さっきの部屋に戻ろう」

階下に下りてそう宣言すると、男はあからさまに嫌そうな顔をする。

「ええ～～……さっきの奴らがいたとこだよ……」

「じゃあずっとここにいて見つかるのを待つか？」

「……お姉さん度胸ありすぎない？」

「ここで立ち止まっていてもいずれは見つかる。こちらには情報が足りなすぎる。何故、私たちはここにいる？　この船は一体何だ？　この注射痕は何を意味する？　誰が私たちを追っている？　何が目的なのかもわからない、知らないこと尽くしだ。これでは打開策を練ろうにも策以前の話だ」

「いやそうだけどさ……う～～ん……わかったよ……」

観念したように承諾してから、男は隣にいる女を気にするような仕草を見せた。それに気づくと女も小さくこくりと頷く。異論はないらしい。

「まあでも、お姉さんが俺たちのこと味方だって信じてくれたのが嬉しいわ！　おねーさん名前教えてよ。俺、御巫《みかなぎ》。御巫千聡《みかなぎちさと》！　で、この子は三上ひとみちゃん！」

「よ、よろしくお願いします……」

「ああ。お前たちは元々知り合いなのか？」

「いや、この船でさっき初めて会った」

「お前それでその馴れ馴れしさか……。すごいな……」

なぜか得意げにはにかむ御巫。別に褒めたつもりはないのだが。

「で、お姉さんは？　なんて呼んだらいいの？」

「あぁ。私は……」


——瞳子《とうこ》。

欠けた記憶、その中で誰かが私を呼ぶ声が聞こえたような気がする。

「――私の名前は、瞳子。小沢瞳子《おざわとうこ》だ」

聞こえたような気がしたのは、温かく、優しい声だった。

第二章

最初に目覚めた部屋に向かおうと扉に近づくと、センサーが反応して扉が開いた。入る時はカードキーを通したが、こちらから戻る分にはキーは不要らしい。

「……ちょっと待って！」

扉が開くと同時に、御巫が視線を遮るように私の前に立った。

「なんだ。まだ覚悟が決まらんのか」

「いやそうじゃなくて。その……」

珍しく目が泳ぎ、まごついている。言葉を選び終わったのか、意を決したように私の目を見て御巫は言った。

「入って左側の壁はあんま見ないように気ぃ付けて。その……良い気しねぇから」

要領を得ない物言いに訝しむ私を見て、御巫はへらへらと笑ってみせる。……この優男は、私のことを同世代の女子か何かだと思っているのか？

「この船でいまさら良い気分なんか期待してない。どけ」

御巫の左脇をすり抜けて部屋を見渡す。

先ほどの……得体のしれない声の主がやったのだろう、正面に見える金属製の扉は完全に破壊されていた。私がポッドから出たときには真っ暗だったこの部屋は、扉が無くなったことにより廊下の光が入り部屋全体が見渡せるようになっている。

部屋には私が入っていたようなポッドが三つ並んでおり、その先の〝左側の壁〟――御巫がわざわざ警告してくれた方に目をやると――そこにあったのは大きな血だまりだった。床に血が広がっているだけでなく、壁にも血が飛び散っている。まぁ……良い気は確かにしないいが。ハードルを上げられたわりにはマイルドだ。

「あれ……？」

意外にも、三上が血だまりに近づいていく。

「どこ行っちゃったんだろう……」

「なんだ、何を捜してる？」

ぴちゃり。何の躊躇もなく裸足で血だまりに突っ込んで、一瞬不思議そうな顔をした後に三上が答える。

「無いの。死体が」

「……死体？」

「ここにいた男の人の。……食べちゃったのかな……」

私も大概だとは思うが、この女もなかなかだ。運び出されたという発想の前に「食べられた」は普通出てこない。

おろおろしているのは私の後ろにいるこの男だけか。

「小沢さんを起こす前に三上さんと部屋を調べててさ……そんとき見つけたんだよ、男の死体……。うん、多分死んでた……。それでここはヤベぇと思って、小沢さんのこと起こそうとして……」

その時の状況を思い出しているのか、苦々しい顔をする御巫。まあ一般人が死体を目にすることは滅多にない。私や三上よりこいつの反応の方が真っ当だろう。

「どうやって殺されていたかわかるか？」

「いや、多分自殺じゃねぇかな。手に拳銃持ってたから」

御巫はそう言って右手をひらひらとしてみせる。

（拳銃……それでこの血しぶきか）

壁には放射状の血しぶきが私から見て左側に向かって広がっている。私の腰ぐらいの高さの位置が放射の起点になっているのを見るに、座って壁にもたれかかった状態で頭を撃ったのだろう。

「私たちと似たような服装だったか？」

「いや、白衣を着てた。この船の関係者なんじゃね？　さっきのカードキーもその人が持ってたのを借りたんだよね」

「お、遺体を漁ったのか。意外とやるな」

「……三上さんが」

「そんな気はしてたよ。そのカードキーを見せてくれ」

何か言いたそうな御巫からカードを受け取る。〝研究員証〟と書かれたカードには、顔写真と名前、キーとなるバーコードが記載されていた。組織の名前に当たるものは見当たらない。

「研究員……私たちは研究用のモルモットとしてここに連れてこられたのか？」

「へー、そのカードそんなこと書いてあるんだ。さっきは暗くてよく見えなかったからさ……あれ？」

横からカードを覗き込んできた御巫が、私が持っているカードを人差し指で自分の方に傾けまじまじと見つめる。

「顔が違う……気がする」

「まあ、大体この手の写真は何年も同じものを使うからな。そりゃあ顔も変わってるだろう」

「んー、こんなゴツくなかったっていうか、明らかに人違いっていうか……。暗かったし気のせいかもしれないけど、ご遺体はもっとシュッとしてた気がする。俺一瞬女の人かと思ったもん。俺の女好きセンサーがすぐ誤解だって気づいたけど」

「……このカードは、その死体が持ってたんだよな？」

「うん、着てた白衣の胸ポケットに入ってるのを三上さんが見つけてくれた」

「さっき、ここにあった死体は拳銃を持っていたと言ったな。どっちの手に持っていたか覚えてるか？」

一瞬抱いた違和感。大した意味はなかったのかもしれないが、さっき御巫は死体が〝手に拳銃持ってたから〟と言って右手を動かして見せたのだ。

私の問いに対して御巫は記憶を思い起こすように答える。

「あぁ、右手だったよ。こっち右だよな？　うん、右」

でも壁に散ったこの血しぶきは、私たちから向かって右から左に……つまり、死体の左手側から右手側に向かって散っている。――右手で撃ったものでは、ない。

「……偽装か？　しかし何のために」

御巫と三上が見たという死体は、二つの偽装がされている。

一つは、この研究員への偽装。

もう一つは、自殺であるという偽装。

「この船……相当厄介なことになってるぞ」

研究員同士での内輪もめなのか何なのかわからないが、問題はあの得体のしれない声の主だけではなさそうである。

「この組織についても情報を集めよう。何の研究をしていたかがわかるだけでも大分違いそうだ」

私が視線を向けた方向に御巫も目を向ける。

壊された両開きの扉。その隣には「labo-2」と書かれたスライド式の扉があった。

・

扉の向こうから物音がしないことを確認した上でカードキーをリーダーにかざす。

ありがたいことに例のカードキーはこの扉にも有効なようで、ピッという電子音と共に扉が開いた。こぢんまりした部屋を見渡せば、実験に使うと思われる薬品や器具、資料が、足の踏み場が無いほど散乱している。

「荒れてんな～……」

「荒らされたのかもな」

部屋には研究員が使っていたであろうデスクが三台。とりあえず近くにあったデスクの

PCを開いてみるものの、当たり前だがロックがかかっている。PCの横にはスキャナがあり、何らかのコードが必要らしい。

「カードキーのバーコード使えるんじゃね？」

制止する間もなく御巫がカードキーをかざすが、エラー音が鳴るのみだった。

「お前……回数制限があったらどうするんだ……」

「だって他に思い当たるコードねぇし」

「他の研究員のカードを探すか……」

無用心にもデスクに置いていたりしないだろうか。そんな淡い期待を込めて資料の散らかったデスクを漁ってみると、カードこそないものの研究内容が載っていそうな資料を見つけた。今は何の情報でも欲しい。

主のいないデスクの椅子に腰かけ、〝タブー実験報告書〟と題された資料に目を通す。

『実験1回目　被検体番号：アルファ1
変身後、被検体が即死。
変身後のDNA配列が人間のそれと違いすぎることによるショック死だとみられる。生命維持に必要な臓器に致命的な損傷が認められる。

実験2回目　被検体番号：ベータ1
ＤＮＡ配列が少しでもアンノウンに近い被検体を選抜。
変身後、一定時間は自我を保っていることが確認できた。五分後、対話が出来なくなり、謎の言葉を話し始める。強制的に変身解除したが、脳死状態となった。
人間のＤＮＡ配列では不可能と断定。別のアプローチを検討する。

実験3回目　被検体番号：ガンマ1、ガンマ2
被検体に予め、アンノウンのＤＮＡ因子を注射。
その結果、変身後の負荷にまともに耐えられた初の被検体となった。〝Ｄ－3〟を圧倒的に上回る身体能力とパワーだ。
実験開始後六十分が経過したところで被検体は自我を失って暴走した。そこで、〝ワクチン〟のテスト運用として発砲。着弾後、対象は十分以上苦しんだ後、変身を解除。死亡。大成功。ＤＮＡ因子の注射によって限りなく成功と言ってよいが、被検体自身の適正率はやはり重要要素であることがわかった』

〝予め、アンノウンのＤＮＡ因子を注射〟……。

私の左腕にある注射痕はこいつのことだろうか。〝アンノウン〟が何を示すのかは定かではないが、なるほど、私たちはこの実験のモルモットとして用意されたらしい。

報告書には写真も添えられており、そこには人型の……人とは言えない何かが写っていた。真っ赤な目。頭には赤みがかった角のようなものが2本生えていて、全身は黒ずんだ緑色の装甲で覆われている。下顎が異常発達し歯が牙のように鋭くなっている。ほとんど化け物のような見た目なのに、人間らしくベルトのようなものをしているのが不釣り合いで笑ってしまう。

「こうなる予定だったのか、私は」

これはあの二人には見せないでおこう。そう思って報告書を閉じると、ペタペタと三上が近づいてきた。

「……何か見つかった？」

先ほど血だまりに思い切り突っ込んだせいで、三上の後ろには赤い足跡が続いている。

「ああ、つまらない資料がいくつか。そっちはどうだ御巫。……御巫？」

そういえば、御巫が大人しい。見れば私とは反対側のデスクの傍で立ち尽くしていた。

「カード、あった……」

「そうか。やったな。……なんだ、どうした」

「……カードよりやばいもんも、ある」

御巫は床を凝視しているようだが、こちらからはデスクで見えない。仕方ないので御巫の方に移動してやると、そこにあったのは何らかのカードを握っている白衣を纏った人間の腕だった。


そう、〝腕だけ〟がそこに転がっているのだ。


「白衣か。探してた研究員のカードじゃないか、お手柄だな御巫」

「……嘘でしょ？　小沢さんなんでそんな冷静なの？　こういうの慣れてる？」

「かもな。ここに来る前の記憶が無いからわからんが」

「俺もう小沢さんがこえーよ……」

うだうだ言っている御巫を無視して、白衣を纏った手からカードを拝借する。

こちらにはバーコードだけじゃなく二次元コードがついていた。そのまま机にあったスキャナに二次元コードをかざしてみると、ディスプレイに次の案内が出た。

『1段階認証完了。続いて生体認証をお願いします』

「生体認証……」

その案内を見て、私たちは目を合わせる。

「……いや、いやいや、さすがに、いや思いつかないことはないけど、さすがにそれは」

「これ？」

しゃがみこんだ三上が、白衣の腕を拾ってこちらを見つめている。

「三上さん！？　そういうの気軽に触んない方がいいよ！？」

「三上の方が肝が据わっていて助かるな。貸してくれ」

三上は一瞬きょとんとした後、戸惑った表情で無言で腕を渡してくる。褒められるのが苦手なのか？　こいつの性格がどうにもまだ掴みきれない。

デスクの椅子に座りスキャナに〝腕の親指〟を押し付けると、トップページに切り替わる。ログインに成功したようだ。

「これで助け呼べたりしねぇ？」

「私も考えたが、ダメだな。ネットに繋がっていない」

そっか、と凹んでいる御巫をしり目に、ＰＣに保存されていたファイル名にざっと目を通していると、〝タブードライバ仕様設計書〟というドキュメントを見つけた。

先ほどの〝タブー実験報告書〟に関するものだろうか。おそらく資料内で〝ドライバ〟と呼ばれている何かの端子のようなものの写真と共に、報告が記されていた。

『タブーの基礎設計を以下に定める。

タブーへの変身回数は無制限に出来ること。

人類の命運を背負う以上、被検体一人の命など構う必要が無い。

被検体が死亡か気絶するまで変身が解けないこと。

目の前の危機を排除するときに、変身を解く必要が無いため。危機を排除したら、ワクチンでタブーも排除。

注記：人間を無理やり異星人の規格に合わせている以上、使用時間が長いほど正気を失っていく。狂気に支配されてしまえば辺りを見境なく破壊する新たな危機となる。そのリスクを排除するために、ワクチンの精度向上は必須事項とする。ワクチンの試作機と弾はドクター早乙女の個室に保管する』

「……早乙女」

「先ほど別の資料で見たが、私たちはタブーとかいう化け物に変身させられそうになっていたらしいぞ。しかもこれを見るに実験台は使い捨てだ。この早乙女とかいうドクターにとって本当に私たちはモルモットに過ぎないらしい」

無言でドキュメントを凝視する御巫。一般人にはフィクションすぎる。

御巫が資料を凝視しているので、ＰＣを漁るのを諦めて違う情報を探す。散らかりすぎて気づかなかったが、部屋の奥から扉に向かって赤い足跡が続いている。三上が歩いたのか？　違う、三上は私たちの傍から離れていない。これはそもそも……。

「……人の足跡じゃないな」

大きさは人間の足より一回り大きく、まず指が３本しかない。随分長い指と指の間には水かきのようなものがあることが足跡から窺える。

……いよいよ認めざるを得ない。この船には、人ではない生物が乗っている。今まで学んだどの言語とも違う言語で会話をし、金属製の扉を破壊することができる、人と違う足の形をした何かが。人間より肉体的に強い、知性も認められる何かが。

足跡が来た道を恐る恐る辿ると、途中で忽然と足跡が消えていた。部屋の途中で急に現れたような、そんな足跡だった。足跡の一歩目をよく見ると前半分しか跡が残っていない。足の後ろ半分、踵の方だけ跡がないのだ。

（足跡をぬぐった？　なぜそんな半端なことをする？）

ぬぐった形跡があるかどうか地べたにはいつくばって床を見ると、僅かだが足跡の切れ目に筋が見えた。その筋を辿ると、１㎡ほどの正方形の切れ目となっている。正方形の筋にはカードを通す溝もある。


足跡をぬぐったのではない。足跡の主はこの板の下から出てきたのではないか？


「御巫！　さっきのカードを貸してくれ！」

熱心にＰＣをいじっていた御巫が、ハッとしたようにこちらに駆け寄ってくる。

「えっ何これ！！！　え、カエルの足跡！？　デカ！！！　怖！！！！！」

「カード！」

「はい！！」

御巫からカードをひったくり、溝に差し込む。しかし、返ってきたのはエラー音だった。

カードが排出される。

「くそ。ハズレか……」

御巫が床を観察するためにしゃがみこむと、後ろからついてきた三上も合わせてしゃがむ。

「隠し扉的な？　すげーな……。また違うカードがいる感じ？」

「そうらしい。まあ、カードがあったところで、この下に生きた人間はいないだろうな……」

ここから化け物の足跡が血塗れで出てきているということは、つまりそういうことだろう。


念のため別のカードが無いか部屋中を探していると、御巫が何か読み始めた。

「なんだそれは？」

「ゴミ箱に入ってた。なんか他の資料とテイスト違うなーと思って……」

ホチキスで留められたコピー本だ。〝くちなわさまとおろかなうらぎりもの〟と書かれたそれは、確かに部屋にある堅苦しい報告書の文体とは違い童話のような文体である。

寄ってきた三上と三人でそのコピー本を読み進める。


『昔々、あるところに私たちの祖先が暮らしていました。

くちなわ様の〝ごかご〟のおかげで、みんな幸せでした。

しかし、そんな恩を忘れて人間に恋した裏切者が現れました。

裏切者は、人間に私たちの秘密をあらいざらい話してしまったのです。

その話を聞いた人間たちは、しめしめと私たちの国に襲いかかりました。

私たちは為す術もなくやられ、散りぢりになってしまったのです。

くちなわ様は、人間に恋した愚かな裏切者に激昂し、恐ろしい呪いをかけました。

呪いの子を裏切者の胎内に仕込んだのです。

呪いの子は裏切者の腹の中で際限なく大きく育っていき、最後は母体を突き破って産まれてきます。

母体は肉塊と化し、死にます。

この呪いは、生まれた呪いの子にも、母と同じ末路を辿らせます。

呪いの子は、呪いの子を孕んで死ぬのです。永遠に呪いを受け続ける一族となるのです。

呪いの子は、あの醜い人間どもと似た姿で産まれるのも特徴です。

簡単には死なせず、腹が破裂して死ぬまでの間、私たちの奴隷として使いつぶします。

この一族は不幸でい続けることが、生きる意味なのです。


くちなわ様に逆らえば、こうなります。

くちなわ様の恨みは根深く、一睡もせずにこの呪いをかけ続けてくれています。

くちなわさま ありがとう。
くちなわさま ばんざい。
くちなわさま ばんざい。

おしまい。』


「……最悪の童話？　趣味の悪ぃ奴がいる……」

そう御巫が言い終わらないうちに、突然三上が慌てたように廊下に飛び出した。

「おい！！！　三上！！！！！」

(廊下に何がいるかもわからないのに不用意な……！)

急いで追いかけると、三上は部屋の外で真っ青な顔でしゃがみこみ、壁にもたれかかっていた。

幸い外には何もいなかったようだ。例の足跡も無ぃ。

「気分の悪いもの見せたよな……。ごめんな三上さん、大丈夫……？」

御巫が三上の背中をさする。

「違うの、ごめんなさい、違うの……大丈夫……。……っ！」

三上の様子がおかしい。何かを懸命に飲み込もうとしている。これは……。

「……御巫、さっきのゴミ箱持ってきてくれ。早く！」

「えっ、うん！」

部屋に駆け込んだ御巫がすぐにゴミ箱を手に戻ってくる。

「三上、ここに吐け」

「……ッ、ウエ、ォェェエエッ！」

ゴミ箱を抱え込むようにして吐き続ける三上。しゃがんでその背中をさすりながら御巫が声をかけ続ける。

「そりゃ気持ち悪いよなぁ。なんか変なもんばっか出てくるし、船酔いもするかもしんないし。ずっと緊張してたもんな。しんどいよな」

たまに三上の髪を耳にかけてやりながら、御巫はずっと声をかけている。

「大丈夫大丈夫。ゆっくりでいいよ」

平気そうにしていたとはいえ、ストレスも相当なものだったに違いない。三上が落ち着くのを待ちながら、初めて出た廊下を見渡す。

今出てきた部屋には〝早乙女開発室〟と書かれたプレートがついていた。設計書にあった〝ドクター早乙女〟の部屋だったのだろう。

この〝早乙女開発室〟の隣と向かいに一つずつ扉があり、廊下の奥には下に続く階段がある。

（とりあえず一つずつ部屋を調べるか……）

そう考えているうちに、三上は落ち着いたようだった。

「っ、はぁ……はぁ……ごめんなさい……」

「いや、謝るのはこちらだ。気を遣ってやれなくてすまなかった」

「ごめん三上さん、気分悪かったらいつでも言ってな」

何か口をゆすぐものをやりたいが、あいにく何も持っていない。他の部屋で見つかるといいが……。

「三上、私は他の部屋を見てくる。お前はここで休んでいるか？」

そう提案すると、急に三上が顔を上げて叫ぶ。

「それはダメ！！」

初めて聞く声量に私たちが驚いているのを見て、三上が視線を落とし、慌てたように言葉を続ける。

「……その、もう、大丈夫だから。平気。一緒に行きたい……」

「……そっか。無理しないでな。なんかあったらすぐ休むから。な？」

御巫が手を握ってやりながらそう言うと、こくりと三上が頷く。まぁ確かに、この状況で一人にするのは酷か。

「とりあえず向かいの部屋に行くか」

そう仕切り直して向かいの部屋に目を向ける。同じように目を向けた御巫が一瞬動きを止めた。

「あのさ、小沢さん。これ、なんか、関係あったり……?」

「……そんなに珍しくない苗字だ。偶然だろう」

〝小沢開発室〟

ネームプレートにはそう書いてあった。

第三章

扉を開ければ死臭が鼻先に漂う。

先ほどの早乙女開発室も随分な荒れようだったが、この小沢開発室はもっと酷い。何台かのデスクがひっくり返され、書類は散らばり、ＰＣは床に落ちて液晶が割れていて、そして、――すぐ目の前では人が死んでいる。

机に突っ伏してこと切れた死体。白衣を着ているのを見るにこいつも研究員だろう。見開いた目は上を向き、白衣から覗く腕や顔は青を通り越して黒に近い紫に染まっている。肩には何らかの傷を負っているようで、今なお血が大量に出続けており、えぐれた肉は赤く腫れあがっている。

「うっ……」

眉間に皺を寄せて目を細める御巫。死体を見るのは2回目とはいえ、そう簡単に慣れるものでもないのだろう。ましてや1回目と違い明るい蛍光灯の下だ。

「噛まれてるね……」

直視したくないといった様子の御巫とは対照的に、冷静に死体を観察する三上。

大量の血で見えにくかったが、確かに三上の言う通りだ。太い針で刺したような二つの傷は噛み跡のようにも見える。そう言われて御巫も観察に参加する。

「この船、狼とか狂犬とかいるのかな……」

「よく見ろ。傷痕を見るに歯は2本ずつしかないだろ。上下の顎で噛み千切ったような傷でもない。傷の角度を見るに上顎の犬歯か牙による傷だろうな。哺乳類で2本だけ牙が発達しているような生き物は象やセイウチぐらいのものだ。だがそれにしては傷痕のサイズが小さいし角度もおかしい。よって哺乳類ではないだろう」

「小沢さん動物博士……？　じゃあ何なの」

「……爬虫類」

自分で言っていて妙だとは思っている。跡と跡は10㎝以上離れており、これが仮に牙だとしたらそれなりに口の大きな動物である。少なくとも人間の倍程度には口がデカい。この大きさの爬虫類といえばワニぐらいのものだが、ワニの歯は2本だけ特化して鋭利に生えるようにはできていない。

どうしても脳裏をよぎる。ポッドに入れられていたときに背中を這っていったあのずるりとした感触。

「少なくとも今の私には、この細さの牙を2本だけ持つ生き物を……蛇ぐらいしか思いつかない」

　廊下で三上が吐いている間、この部屋からもみ合うような音は聞こえなかった。にもかかわらず、目の前の死体からは大量の血が出続けている。腕や顔は紫に変色しており皮膚の壊死が進んでいるのも、蛇の出血毒によるものと考えれば説明がつく。……が、こんな巨大なサイズの蛇には心当たりが無い。

「蛇……」

　御巫が絶句している。心なしか三上も顔色が悪い。それはそうだろう、私は今〝人間の倍程度の大きさの口を持つ蛇がこの船にいる〟と宣言したようなものなのだから。

「……あのさ」

　意を決したように御巫が口を開く。

「蛇って、脱皮するっけ……」

「するぞ。健全な脱皮であればきれいな抜け殻のように」

「あ、あれ……」

　絶句するのは、私の番だった。

　部屋の奥に何か大きな……人型の半透明なものが〝落ちている〟。

　私たちの中で一番背が高い御巫より一回り以上大きい。竜のような頭部と太い尻尾のようなものの間、背中にあたる部分がぱっくりと割れている。

しかしこれはただの大きな蛇の脱皮では済まされない。

〝人型〟なのだ。つまり、脱ぎ捨てられたその皮には腕と足があった。

竜のような頭部と太い尻尾を持ち、脱皮する〝人型〟の生き物が、ここにいるのだ。

「あいつが……研究員を噛んだのか……？」

つまりそいつは、毒を持っている。先ほどの早乙女開発室で見た足跡を思い出す。3本指で水かきのある足跡、2本の細い牙、人間の倍程度の大きさの口を持つ毒蛇が……2足歩行で歩いているとでも？

我ながら馬鹿げている。常識的に考えてありえない。ありえないのに、私の頭がその結論を受け入れ、他のあらゆる現実的な想像を否定していく。そもそも、目が醒めてからずっと常識なんてものは無かった。

最初に起きた部屋で聞いた、人のものとは思えない言語。発声そのものが人のそれではないと感じていたが、まさか。

「ね、この人、何か書いてたみたい……」

目の前の異常事態を必死に整理している最中、突然三上に声をかけられた。

この状況でよく死体の方に意識を向けられたものだ。人型の皮に興味を持つ様子もなく、三上は一人だけ研究員の死体観察を続けていたらしい。

（こいつ……）

読んでほしい、と言いたげな目で三上が渡してきたのはメモ用紙だった。この研究員が書いていたものらしく、毒が回り始めていたのか字は乱雑で震えている。


『噛まれた。間もなく死ぬ。

誰か、階下のメインブリッジで救難信号を出してくれ。

この恐ろしい事態を外部に知らせるんだ。もう時間がない。

小沢先生。例の物を持っていってください。

貴方だけが希望です。鍵は死守しています。どうか、この危機を、』

小沢先生。

自分の名前と同じだからか、妙に胸がざわつく。

〝噛まれた〟、〝間もなく死ぬ〟。つまりこの研究員は人型の蛇の存在を知っていて、かつそいつがどういった毒を持っているかも把握していた。その蛇の化け物も研究対象か？

〝例の物〟とは？　鍵って――。

「鍵って、どこにあるんだろう……小沢さんならわかる……？」

三上が赤みがかった瞳を真っ直ぐこちらに向けて聞いてくる。

「残念ながら小沢違いだ。百歩譲って違わなかったとしても記憶が無い」

そう答えると、三上は何とも言い難い表情で目を伏せる。

とはいえ、〝死守しています〟と書いてあるということはおおよそこの研究員もしくはその仲間が持っているだろう。まだ生きていれば、の話だが。

「……鍵を捜そう」

まだ〝脱ぎ捨てられた何かの皮〟から目を離せずにいる御巫が、自分に言い聞かせるようにそう呟いた。

•

どんな毒が回っているかもわからない死体を触るわけにもいかず、私たちは死体周辺を漁り始める。この研究員には申し訳ないが、この状況下で何もせず弔いに浸っているわけにはいかない。

この部屋も「開発室」と名がついていた通り、何かしらの研究を進めていたのだろう。先ほど早乙女開発室で見たのとはまた違った報告書を見つけた。蛇の化け物についての研究かもしれない……そう思って表題を見ると、そこには〝Ｄ-３ドライバ開発報告書〟と書いてあった。

「またドライバか……」

早乙女開発室は、〝タブードライバ〟とやらを、小沢開発室はこの〝Ｄ-３ドライバ〟を担当していたのだろうか。

そもそもドライバとは。〝タブードライバ〟の報告書には変身だのなんだの書いてあったが、まさか。そんなことを考えながら〝Ｄ-３ドライバ開発報告書〟に目を通す。

『――ＲＩＤＥシステムの機甲を利用したドライバ、汎用性対異星人戦闘強化装甲ＤシリーズVer3.0(以下Ｄ-３ドライバ）の開発が完了した。変身すれば、装着者の身体能力は人体の限界を超えて飛躍的な白兵戦能力を有するようになる。装甲も申し分なく、戦車よりも強度がある。

ただし、我々の尺度で言うと超性能ではあるがアンノウンやそれ以上の脅威に対してどこまで渡り合えるのかは疑問。更なる性能強化を継続的に行う必要がある』

……変身。

〝ＲＩＤＥシステム〟。

〝汎用性対異星人戦闘強化装甲〟。

そして、〝アンノウン〟……さっきの部屋でも見た単語だ。

つまり、異星人と戦うことを目的として強化装甲を開発していたと言っているのだ。この報告書は。

何をふざけたことを、と鼻で笑う気も起きない。私は知っている。人ではない何かたちは、金属製の重厚な扉を破壊することができる力を持っていることを。

そのまま報告書をめくると、一枚の写真付きのページに辿り着く。


「っ……！！」


その写真を見た瞬間、急に頭が割れるように痛みだした。

脳が締め付けられるような感覚、血管の収縮と共にバチバチと乱暴に記憶のピースがはまっていく。失っていた記憶が情報となって濁流のように一気に頭に流れこむ。

その写真は、〝D-3〟だった。

全身をすっぽりと、銀と青の装甲で覆っている。


『小沢技術顧問が発見した古代アーティファクトを「RIDEシステム」と命名する。

現在の人類では到底解析不能な技術が詰まったブラックボックス。

この装置単独では何の効果もなく、ドライバと呼ばれる小型のアタッチメントを差し込むことで、それに応じた様々な効果が現れる。現在は人間の能力を超越する存在に「変身」できることのみに留まるが、惑星を移動させたり、時空を飛び超えたりするドライバまで存在するという。

いずれにせよ、人類には持て余すほどのとてつもないパワーを秘めた代物であり、異星人やそれ以上の存在と対抗できる人類の新たな武器になるだろう。と、小沢技術顧問は述べており――』


「……小沢さん？」

長く黙り込んでいた私を見て、御巫が心配そうに声をかけてきた。

「……ＲＩＤＥシステムを見つけなければ。奴らより先に」

「らいっ……？　なんて？？」

御巫が私に問い切る前に、三上が遮るように声をかける。

「この人、握ってたみたい……鍵」

私が報告書を読んでいる間に、三上は研究員の死体が握った手を必死に解いていたらしい。

「お前、死体には触るなと……！」

思わず強い口調で叱責すると、三上はビクッと身体を委縮させ、震えながらぽつぽつと言葉を紡ぐ。

「ごめんなさい……でも……大丈夫、だったから……。ごめんなさい……」

異常とも言っていいほどの怯え方。眼は泳ぎ、身体は縮こまり、声はほとんど聞き取れないぐらい震えている。

「……すまない。鍵は助かった。でも、無茶はしてくれるな」

震える三上から鈍色の鍵を受け取った。

私はもうこの小さな鍵を知っている。どこで使うものなのかも。

真っ直ぐ部屋の奥の本棚に向かう。壁一面を覆うサイズの大きな本棚が二つ並んでいて、その中の一冊を引き抜けば奥には鍵穴が隠されている。

かちり。

鍵を鍵穴へ差し込む。部屋に駆動音が鳴り響き、左側の本棚が横にずれていく。本棚の陰にあったのは扉だった。

「すげぇ、また隠し扉じゃん……一体何から隠れたいんだよ、この船は」

御巫を無視して扉に向かう。空気が抜けるような音と共に扉は自動で開いていく。

――ＲＩＤＥシステムは、ここにあるはずだ。

•

中は必要最低限の、小さな部屋。

デスクが一台と、本が詰まった書棚。後は、非常時のための消火器ぐらいしか物が置かれていない。必要な物以外置かない主義だ。

そしてそのデスクには、私が研究者としての全てを費やしてきた――ＲＩＤＥシステムが置いてあった。

急いで私の後を追いかけてきた御巫と三上が部屋に入ると、すぐに扉は閉まり、部屋には静寂が満ちていく。この部屋は厳重に守られてきた。内側からレバーを引かない限り、外からはもう開けることができない。

「それ、何……？」

「ＲＩＤＥシステムだよ」

黒い光沢を放つベルト。大きな楕円形の上部天面にはドライバを差し込むためのソケットがあり、その左側には何かを撹拌する用途のレバーがついている。瞳を思わせるデザインの本体はまるで魂を覗き込まれているような気持ちにさせられ、視線を逸らしたくなるような、それでいてずっと見ていたくなるような、禍々しい雰囲気を放っている。

「いやだからそのライドなんとかって何！？」

御巫がそう言うや否や、今しがた入ってきた扉の向こうから何かを倒すような大きな物音が響いてきた。

棚を破壊するような音。そして一瞬の静寂の後、扉を叩くノックの音が続いた。

「なんだろう……。も、もしかしたら助けに来てくれたのかもしれないね……」

そう言いながら、三上が扉を開けるためのレバーにふらふらと近づいていく。

三上の様子がおかしい。いや、ずっと違和感はあった。

お前それは、助けを期待している表情ではないだろう？

制止は間に合わない。三上は扉を開けるレバーを引く。

「三上やめろ！！！」

ガシャン！

先ほど聞いた駆動音と共に扉が開く。

そこにいたのは——竜のような頭部と太い尻尾、2本の細い牙、人間の倍程度の大きさの口を持つ……2足歩行で歩く蛇の化け物としか言いようのない、怪物だった。

——声にならない悲鳴、とはこういうときに言うのだろう。

恐れの滲んだ絶叫が聞こえた気がした。おそらく御巫が上げたのだろうが、ショックのあまり声帯が機能していないらしい。咳にも似たかすれ声で、ただ目の前の信じられない光景におののくだけだ。

現実のものとは思えない存在。しかし、それがまぎれもない現実として眼前に立ちふさがっている。その事実を認識しようとすると脳が正常に動かなくなってしまい、理性が崩壊しそうになる。

それに一体ではない。私たちの目の前に立ちはだかったのは、三体の異形だった。目の前にいる二体の異形は、鋭い牙を舐めずる舌はべろりと長く、血に濡れた白衣の後ろからは巨大な尾が覗いている。細かで怪しく光る鱗は、ヘビ人間と呼ぶにふさわしい存在だった。

その後ろにはもっと異常な異形が待ち構えている。人間四人分はあるだろうずんぐりとした巨体、不透明でぶよぶよした肌質の未発達な手足。顔の一部は爛れていて、そこから鋸の刃のような歯が覗いている。

異形としか言いようのない侵入者たちが私たちを睨みつけた。非現実的な妄想に過ぎなかった存在を目の当たりにし、全身の筋肉が緊張で強張る。目が離せない。まさか蛇に睨まれたカエルの気持ちを実体験として経験できるとは思わなかった。

「デダパミダ・ビゲモ!!」

ああ、やはり。ポッドがある部屋の扉を破壊した主と同じ、理解不能な言語。いざ目の前で発話されると衝撃が違うな。

そんなことを考えている間に、ヘビ人間のうち一体が巨大な腕を振りかぶる。その腕はレバーを引いたまま立ち竦む三上のみぞおちを真っ直ぐに捉えた。三上の身体が浮く。そのまま勢い良く壁に叩き付けられた三上は、壁から滑り落ちるように倒れ、電池の切れた人形のように体が動かなくなった。

「……っみ……みかみさん……？」

御巫は情けないほど青ざめている。

下半身が震え、今にも失禁してしまいそうだ。

私は異形たちの足元を見た。カエルのような足形——そうだ、こいつらなのだ。私たちが目覚めた部屋で暴れまわり、〝人型〟の皮と血塗れの足跡を残し、小沢開発室の死体の噛み跡をつけた化け物の正体がこいつらだ。

この異形たちが味方でないことは明白だ。逃げなければ殺されるだろう。ここまでに見た死体のように無残な姿で。

ヘビ人間たちはぎょろりと冷酷な目を私たちに向けた。一体が御巫に、もう一体が私に恐竜のような爪を振り下ろしてくる。御巫は恐怖のあまり動けずにいる。

私は考える暇もないまま、御巫を庇うようにヘビ人間との間にすべりこんだ。瞬間、信じがたいほどの激痛が肩に走る。ヘビ人間の爪が刺さったのだと理解するまでに時間はからなかった。庇った御巫にのしかかるように前方に倒れ込む。そのまま巻き込まれた御巫は私を抱えたまま尻もちをついてしまう。

「おっ、おいっ……おざわさん……！」

「……ッ……！」

左肘と右掌で床を押し上体を起こそうと試みるが、背中の痛みがそれを拒む。御巫はそんな私を見ながら為す術もなくおろおろしていた。

「……なんで、俺、庇っ……」

「うるさい。さっさと逃げろ」

熱い痛みをごまかすように私が苦笑してみせると、御巫が目に涙を滲ませた。

「……無理だよ、逃げるなんて……なんでこんな……」

「すまないな、私のせいだ」

「……え？」

「記憶が戻ってきた……この事態を招いた責任は、私に……ぐっ……」

深い傷が灼熱のように思考を蝕む。背中だけではなく頭が痛みを訴えていた。考えるほどに頭痛が強まっていく。どくん、どくんと体内の血液の流れがいつもより明確に感じられ、先ほど濁流のように流れてきた記憶たちが確かな輪郭を帯びていく。

そうだ……。私は、どうしても思い出さなければならなかったんだ。

頭を押さえながら、デスクの上に置かれていた楕円形の物体に目をやる。

意識がしっかり目覚めたからこそ、為さなければならないことを思い出した。

笑う異形の姿に怒りが湧く。三上へしたこともそうだし、彼らによって殺されただろう

〝仲間〟の姿が脳裏に浮かぶ。

しかし今の私は戦えるような状態ではない。動ける者に託すしかない。不本意だとしても。

ヘビ人間たちがカエルのような足を進め、ゆっくりと距離を詰めてくる。余裕があるのは当然だ。私たちは逃げようにも、入ってきた出入口をこの三体がふさいでいるのだから。

退路のない状況に、御巫がわなわなと首を左右に振った。

「小沢さん、き、記憶が戻ったんなら……何かねぇの？　あいつらを追い払う何か……」

「らい、ど、しすてむ……」

「え？」

「ＲＩＤＥ、システムを……」

意識が飛びそうになりながらデスク上を指さす。

御巫が私の指さす方向に目を向ける。恐る恐るデスクに近づいて〝それ〟を手に取ると、不安げな目で私を見つめてきた。

「これを、どうすればいいの……？」

説明している時間はない。私はずるずると身体を引きずって御巫に近づき、彼の腰にその装置をあてがう。さらにデスクの上にあるもう一つの小型端子――Ｄ-３ドライバを、ソケットに差し込んだ。しかしそこで強い痙攣に襲われ、私は再び床に突っ伏した。

「こ、これ……で……」

「小沢さんっ」

「レバーを回して……音声認証で、ロック解除のパスワードを……」

「レバー？　オッケー！！　声でパスワード入れるの？　何て言えばいい？」

もはやしゃべることすらできない。失血で意識が飛びそうだ。

私は手に持っていた〝D-3ドライバ開発報告書〟を開き、記載されている認証パスワードをなんとか指さした。御巫はその単語を凝視し、生唾を呑み込む。

「冗談……じゃないよね、こんなときに……」

力なく頷いた。真剣な視線が絡み合う。

「マジかよ……。これが人生最後の言葉になるかもなのか……」

怪物たちはもうすぐそこだ。迷っている時間はない。

御巫もそれを悟ったのだろう。覚悟を決めたようにベルトのレバーを回した。

緊急時のドライバ作動を周囲に警告するための電子音声と、奇怪なメロディが場違いに響きわたる。

怖ろしい光景を視界に入れないようぎゅっと目をつぶり、御巫はかすれた声を絞り出した。

――「へ、変身！」

パスワードの音声認証が成功し、ドライバが作動する。御巫の足下から銀を基調とした青のラインが輝くように芽生え、装甲が彼の全身を覆っていく。二秒足らずで御巫の姿が様変わりした。

「ほんとに変身した……」

困惑する御巫の声が装甲の下から漏れ出てくる。その様子を見て私は思わず微笑した。

「……〝ＲＩＤＥシステム〟……Ｄ‐３……」

美しい、と不覚にも感じてしまった。

できることならこの美しさを実際に見る状況は訪れてほしくなかったのだが。

ああ、そうだ。完全に思い出した。私は、ずっと今日というこの日のために歩み続けてきた。この胸に抱く怒りを忘れないように、ずっと誓ってきたんだ。

私は、小沢瞳子。このD-3ドライバを完成させた科学者だ。

第四章

「何言ってんの、ちさとが生まれてきてくれてよかったよ？」

何の才能もない凡人の俺に、母さんはそう言って笑ってくれた。

俺――御巫千聡が十一歳のときに、父さんは離婚届を置いて出て行った。俺に向けられたえらく失望した表情を強く覚えている。あの男が俺に何を期待していたのか、俺はそれにどう応えればよかったのか、今でも答えが出ることはない。

あの男が別れ際に置いていったはした金はすぐに底を突いた。それまで専業主婦として家事の一切を任されていた母さんは、ドラッグストアでパートとして働くようになった。

パートの収入では足りなかったのか、次第に夜職にも入るようになった。朝から立ち仕事をして、帰ってきて化粧を直してまた仕事に出て行く。帰りが明け方になることも少なくはなかった。

慣れない仕事のリズムで痩せていく母さんを、俺はただ見ているしかなかった。ただ、子供ながらに自分のせいで母さんに苦労をかけていると理解していた。何らかの理由で、自分が父親に認められることができなかったから母さんを含めて捨てられたのだと。

それはそうだ。勉強もろくにできず、両親の目を盗んでは遊んでばかりいた。学校でもよく問題を起こした。エリートな経歴を持つ父親ががっかりするのも無理はない。

きっと母さんも、こんな欠陥品を産んだことを後悔しているだろうと思った。

ある朝、陽が昇るのと同時に母さんが帰ってきた。窓から差し込む朝日に照らされた髪は乱れ、頬はこけていた。台所に立ち、サプリメントの錠剤を水で流し込んでいた。母さんの生活をこんな風にしてしまったのは俺だ。俺のせいなんだ。そんなことを考えながら一晩中母さんの帰りを待っていた俺は、その姿を見て罪悪感に耐えられなくなった。

「ごめん母さん、俺が何もできないから。俺のせいで、母さんが……」

そう謝ると、母さんはきょとんとした後に大きく口を開けて笑った。

——何言ってんの、ちさとが生まれてきてくれてよかったよ？

俺のせいで疲れているはずの母さんが、なんでもないような顔をして笑う。俺のせいで苦しんでいるはずの母さんが、俺が生まれてよかったと言ってくれる。涙が出そうになるのを堪えた。俺がどれだけ自分を責めても、俺は生きててもいいんだと感じさせてくれる母親だった。

中学に上がると、俺は年齢を偽ってこっそりアルバイトをするようになった。頭はよくないから肉体労働がメインだ。土木作業や新聞配達のおかげで体力がついたらしく、学校の体力テストでは常に上位に入るようになった。複数の運動部から勧誘を受けたがアルバイトを続けるために断った。同級生から遊びに誘われても、ゲーセンやカラオケで浪費するのが勿体なくてはぐらかした。おかげで友達すらまともにできなくなったが、それでもいいと思っていた。この殊勝な生き様を見たらあの男は失望せずにいてくれたのだろうか。

ともかく俺はまとまった金を貯め、母さんに渡そうと考えていた。家賃でも国民保険でもガス代でも水道代でもいい、とにかく生活の足しにしてくれと。金の入った封筒を握り締めて帰宅したその夜、母さんは台所で倒れていた。錠剤が床に散らばっているのが見えた。俺がサプリメントだと思っていたのは、母さんが職場のドラッグストアで買ってきていた鎮痛剤だった。

救急搬送先の病院で「肝臓が壊れています」と医者に説明され、俺は呆然とした。夜職のタバコとアルコール、何より働きづめの環境による強いストレスは、母さんの身体をずっと蝕んでいた。一番近くにいたはずの俺は、そんなことにもずっと気づけなかった。

きっと母さん自身は気づいていたのだろう。それでも俺には言わなかったのだ。病院での治療費を捻出する余裕はなかったし、何より俺に心配をかけないように。

「ごめん……母さん……俺のせいで……」

ベッドの脇で俺はついに涙をこぼした。父親が出て行ってからずっと我慢していた涙だった。俺の情けない泣き顔を見て母さんは微笑んだ。

「ちさとが生まれてきてくれて、お母さん世界一幸せだったよ」

父親が出て行き、夜職漬けの母親を亡くし、施設に入ることになった子供。そんな経歴だと憐れまれることが多くて、だから俺は逆に明るく振る舞うことにした。俺は心配されないための方法をそれしか知らないし、〝可哀相な子供〟という扱いをされるのは頑張ってくれた母さんを否定されるようで嫌だった。

母さんは大変なときでも、いつも笑って俺を元気づけてくれた。そして少なくとも俺はそれに救われていた。だから、その生き方を見倣うことにした。まあ俺なんかが明るい人間を演じようとしたところで、そんな格好いい人間になれるはずもなくて。馬鹿なお調子者。せいぜいそんな軽薄な自分を取り繕って、周囲を笑わせて生きるので精一杯だった。

連日の労働でついた体力は同年代の中でもなかなかのものだったようで、施設に入った後に始めたスポーツで地方の大学から推薦枠をもらうことができた。人並みの普通な人生をこれから過ごすんだ、そして天国の母さんを安心させてやるんだ——そうして堅実な大学生活を送っていた矢先、俺は何者かに意識を奪われ、この船へと連れて来られたのだった。

•

背後には肩に傷を負った小沢瞳子という女性が床に倒れ伏している。壁際に目をやれば、侵入者たちの攻撃を受けてくの字で意識を失っている三上ひとみ。うつ伏せに倒れる女性を見ると、鎮痛剤をまき散らして昏睡していた母さんの姿が嫌でも目に浮かぶ。あの時の無力感を思い出さずにいられない。

異形の生き物と相対している非常事態に、似た光景を見て昔のことを思い出す。

そう、目の前にいるのはおどろおどろしい姿の、ヘビ人間とも言うべき怪異たち。

そして自分は——。

俺は自分の両手を見た。ヘルメットのフィルターを通して見えるのは、金属装甲に覆われたグローブだ。同じように全身がカバーされている。試しに手をグーやパーにして感触を確かめてみるが、違和感はなかった。それどころかまるで自然体のようにすんなりと馴染んでいる。

「小沢さん、これって一体……？」

倒れている小沢さんに声をかけるが返事はない。どうやら失血で完全に意識を失ったらしい。早く助けなければ命が危ないかもしれない。

ふと気づくと、ヘビ人間たちが歩みを止めてこちらの様子を窺っている。明らかに警戒しているらしい。どうやら連中もこちらの〝変身〟を見るのは初めてのようだ。今の俺の姿は、連中にとっても想定外ということだ。

つまり勝機がある——のか？　多分。そうだといいけど。

「まああれだ……これは連中に対抗するためのものなんだな。うん。小沢さんがなんでこんなものを知ってるのかはわからないけど……」

俺は小沢さんに話しかけるが、相変わらず返事はない。それでも俺はしゃべり続けた。

「にしてもさ、俺一人で戦えっていうのは結構無茶じゃない？」

口にする言葉とは裏腹に、俺はなぜか徐々に鼓動が速まっているのを感じていた。俺は多分興奮しているのだ。何かに感情が急き立てられている。意味のない軽口が止まらない。

「ジャバミバンゲギ・ギレギラバ」

「ボリリ・ジョボゲ！」

俺の視界で敵が動いた。またあの不可解な言語を吐き出したかと思うと、鱗に覆われた頭で突進してくる。既に連中の予備動作に反応していた俺は、咄嗟に跳び上がってかわしてみせた。なんだか今はやけに頭が冴えている。状況把握も思考も澄み渡っているようだ。この姿のおかげだろうか。

次の瞬間には俺は天井に跳びついていた。突進してきたヘビ人間は標的を見失い、あらぬ方向の壁へと激突してしまう。

「マジかよ……！」

俺の跳躍力とスピードに、連中も、俺自身も驚いていた。

全身に金属装甲をまとっているくせに嘘のように身体が軽い。生身のときよりも動きやすいのを感じた。まるで重力から解放されているみたいだ。

「ギジョゲンガムパガムダ！！」

突進してきた個体が、体勢を立て直しながら不快な周波を発した。他の二体とコミュニケーションをとっているようだ。何を伝えたのかはわからないが、こちらへの敵意が鈍っていないことだけは確かだ。

「小沢さんと三上さんを助けるためには……やるしかねえよな？」

妙にハイになった脳が自分自身にそう告げる。さっき会ったばかりの二人を、命を懸けてまで助ける義理なんてあるのか？　そう自問自答しながらも肉体は何かに期待していた。動きたくてウズウズしているかのように、体中をめぐる血液が熱くなっているのを感じる。

と、もう一体の個体が素早く近づいてきた。そのまま巨大な腕をなぎなたのように振りかざしてくる。待ってました、と俺はなぜか感じていた。その場にしゃがんで敵の一撃を回避すると、右腕を上げ、膝をバネのように弾けさせた。俺の拳はヘビ人間の顎にアッパーカットさながらに直撃していた。

今度は敵が跳び上がる番だった。勢いよく天井へと叩き付けられたヘビ人間は、血にも似た液体を吐き出して狼狽を見せる。もちろん隙を与える気はない。落下してくるヘビ人間の腹に蹴りを入れ、今度は壁へと衝突させた。その場に倒れたヘビ人間の上に、ガラガラと書棚の本が崩れ落ちる。

元々運動神経はいい方だが、これはそういう次元じゃない。超人にでもなったかのように身体能力が飛躍的に向上している。

「ふはっ、かっけえ。女の子が二人とも見てないのが残念なぐらいだ！」

余裕が出てきた。脳や神経に快楽物質が濁流のようにあふれているのがわかる。早く次の動きに転じたくて仕方がない。この変身、精神にも作用するんだろうか？

感心している場合ではないらしく、もう一体のヘビ人間が襲いかかってきた。俺を捕まえようとして近づけてきた両腕を、こちらも両手で受けて組み合いになる。

しかし敵の武器は手だけではない。押し合っている最中にも、大きく口を開いて首を狙われる。鋭い牙を装甲が阻むも、何かが軋んだような音が響くのがわかった。地球上で顎の力が最も強いのはワニだと聞いたことがあるが、この連中にもそういう遺伝子が流れているのだろうか。

「あんま……人間、舐めてんじゃねえぞっ！」

俺は敵の腹部に右足を入れ、後方へと蹴り飛ばした。体勢を崩したヘビ人間、その腕を取って背負い投げの要領で床にねじ伏せる。床にもヒビが入るほどの衝撃が走り、ヘビ人間が苦しむように身悶えをした。

その間に馬乗りになるようにヘビ人間の上に跨がり、強く握り締めた拳を叩き込んだ。一発、二発、三発、ただひたすら拳を叩き付ける。拳に不快な感触が伝わってくる。不細工な戦い方だが芸なんて二の次だ。周囲に徐々に血だまりができていく。血を吐きながらも手を掴んで押さえ込もうとするヘビ人間に、俺は言い放った。

「てめえは三上さんを殴った方だよな？　これは三上さんの分だ、オラッ！」

渾身の拳を叩き込む。

床と挟み込むような一撃を受けた首から骨が粉砕するような音が聞こえた。ヘビ人間は大きく痙攣し、そのまま白目を剥いて力を失った。

「……はは、やった……やってやった！」

思わず力が抜け、へらりと笑ってしまう。とてつもない全能感が思考を支配している。まるで自分が自分じゃないみたいだ。

しかし次の瞬間には、大量の本の下敷きになっていたヘビ人間が咆哮を上げて迫ってきていた。

「ギシャァアアアアアアアアッ！！」

「うぉっと！？」

背後から首を絞められ、怪力で頸椎ごと折ろうとしてくる。そのまま持ち上げられて俺の身体が宙に浮く。

「ぐぅぅぅうっ！」

装甲が軋む音が響く。首に巻き付いている大きな手を引き剥がそうと力を込めるが、体勢が悪すぎる。このまま装甲が剥がされてしまうのではないか？　急に焦りがよぎった、その時。

脳内に何かのイメージが流れ込んできた。ドライバの情報だろうか？　まるで生まれたときからこの姿だったかのように、全身の装備の使い方が明晰にわかる。

その作業に集中したくて、俺はふっと腕を引き剥がすのをやめた。

ヘビ人間の口元が緩むのがわかった。こいつ、笑っているのか。自分の勝利を確信したのか？

「……早えよ」

圧迫されている喉から声を絞り出した。

「お前には小沢さんの分があんだよ！！」

敵の頭部に向けて右腕を掲げる。

脳に流れ込んでくるイメージに従って、引き金を引くように——。

右腕の装甲が開き、内部に格納されていた大口径の砲身が飛び出した。

「グオアッ！？」

驚きの声を上げるヘビ人間、その驚きが消えぬ間に腹に響くような銃声音が響いた。ガントレットから放たれた複数の弾丸が余すことなくヘビ人間の頭部に撃ち込まれ、ふらりとよろめいた身体から力が抜けた。

(気持ちいい……！　何なんだ、この解放感！)

拘束を解いて起き上がり、振り向くまま回し蹴りをヘビ人間へと叩き込んだ。骨を砕いた手ごたえを感じる。俺の蹴り抜いた脚はヘビ人間の首を捉えていた。相手は何度も痙攣を起こし、そして動かなくなった。

「二体目……」

でも終わりじゃない。

こいつらの背後にいたはずだ。人間四人分の巨躯を持つ、ぶよぶよした皮膚の化け物が
──。

「三上さんっ！？」

最後の怪物は、意識を失っている三上さんの襟をつまんで持ち上げていた。まるで異形の大きな赤ん坊だ。瞳孔がない瞳は仲間がやられたことも気にせず、三上さんの姿を見つめている。敵意なのか、好奇心なのか、ちろちろと覗く舌が今にも三上さんの首筋に触れそうだ。

「触るな！　放せ！！」

俺はあらん限りの声で叫んだが、伝わるはずもない。だがこちらの恐れが伝わったのだろうか。怪物は奇っ怪な巨体をぶるりと震わせたかと思うと、長い尾を俺の方へ勢いよく振ってきた。

「うお、危なっ！」

危険な気配を感じて横へと跳ぶと、俺が立っていた床が凹むほどの一撃が叩き込まれた。

（こいつはさっきまでのヘビ人間とは違う。知能は低そうだけど、パワーだけで言えば圧

倒的に上だ……！）

そしてその脅力《りょりょく》は俺を排除することに向けられている。

右腕の銃口は弾切れらしく、これ以上動きそうにない。……さすがにまずいかもしれない。

「んっ……？　みかなぎさん……？」

弱々しい声が聞こえて顔を上げると、怪物につままれている三上さんが目を覚ましていた。意識が戻ったらしい。状況を把握したらしく、みるみるうちに顔を真っ青にして、ぶるぶると身体を震わせている。

「三上さん、今助けるから！」

「や、やめて……逃げて……」

「はは、なんでだよ。やっと格好いいところ見せられるのに！」

怪物は三上さんを捕らえたまま、こちらに首を伸ばして噛みつこうとしてきた。その横面に思い切り拳を叩き込む。少しだけ仰け反った首はしかし、再び大きく口を開いて俺を呑み込まんばかりに迫ってくる。

咄嗟に相手の大口の中に両手を差し込み、上顎と下顎を内側からストッパーのように食い止めた。しかしこれは失敗だった。

「ガァッ、アァアアアッ！」

「やべ、ミスった……！」

先ほどのヘビ人間の何倍も咬合力が強い。図体のデカさは伊達じゃない。鉄の塊でサンドイッチされている気分だ。顎を閉じようとする力が尋常ではなく、装甲がギシギシと嫌な音が聞こえるほどに軋んでいく。脳が警戒信号を発するのがわかる。指先が圧縮され、体の感覚が麻痺する。

時間がない。油断すれば潰される。

「みかなぎさんっ……！」

三上さんの悲鳴にも似た声が聞こえる。あの三上さんが――何を考えているのかいまいち読みづらい彼女が、俺のことを心配している。

(やべっ……好きになりそっ……)

そんな場違いなことを感じた瞬間、再び脳に刺激が走った。バチバチと火花が爆ぜるようにしてイメージが流れ込む。

快楽の電気信号が脊髄をかけめぐり、俺の背中を押す。やれる。間違いなくやれる。俺は最後の力を振り絞り、敵の上顎を支えている左腕に意識を集中させた。一気に左腕の装甲が変形していく。再構築され、新たな形状へと生まれ変わる――。

左拳を覆うように、電動ドリルのようなアームが出現した。螺旋をえがく黒い金属が無機質に照り輝いている。俺の脳からの信号を受け、ドリルは激しい回転を始めた。

「放せって言ってんだろうが……！」

どこからこんなパワーが出力されるのだろうか、アームはあっという間に敵の上顎を貫通した。そのまま敵の頭部にまで風穴を開け、最期の声を上げる間もなく怪物は動かなくなった。

そのままゆっくりと怪物の手から力が抜ける。捕まっていた三上さんの身体は放り出され、べしゃりと床に落とされてしまった。思わず駆け寄って声をかける。

「三上さん大丈夫！？」

「御巫さん……」

よほど怖かったのだろう。三上さんは侵入してきた三体の異形から目を離せずにいる。

「大丈夫。もう大丈夫だから」

三上さんに向けた言葉だったのだが、その言葉で自分自身の緊張も解けていくのがわかる。

大きく息を吐くと、肉体を包んでいた全能感が解けていく。戦いの興奮から一気に現実に引き戻される。そんな俺の意識をドライバが感知したのか、機械の装甲が解体され霧のように消失した。

直後、鈍い衝撃が全身を襲う。

（うあ、やばい。身体めっちゃ痛い。全然動けない）

戦闘行為の反動なのか？　生身の姿に戻り、直後にはチカチカと目眩が起こった。激しい頭痛に襲われる。〝変身〟の副作用だろうか、あるいは単なる疲労からだろうか。

「本当に大丈夫……？」

三上さんは俺の様子を心配そうに覗き込んできた。

「へへ、任せてよ」

へらりと笑ってみせたが、嘘です、めちゃくちゃ身体痛いです。つくづく母さんの遺伝を実感する。母さんもこんな風に自らの病を隠し、俺の心配をはぐらかしていたのだろうか。

三上さんは信じられないといった様子で異形の死体を見つめていたけれど、緊張を解くようにゆっくりと大きく息を吐いた。小さく震えているその姿を見て、ちょっと迷ったけど三上さんの両手を強く握った。彼女が少しでも落ち着くことが出来るようにと祈りながら。

「……ごめんなさい……私が……」

「ううん、三上さんは何も悪くない。あの状況じゃ俺だって助けを期待したよ」

心にもない言葉だが、三上さんが救われるならこんな嘘にも価値はある。彼女は自分がこの部屋に怪物たちを侵入させてしまったことを気にしているのだろう。しかしこんな極限状態で正常な判断をしろという方が無理な話だ。

俺は重い足を引きずり、部屋の隅にうずくまっている小沢さんに近づいた。意識を失っているようだが、呼吸はしているし脈もある。出血も思ったより多くない。気絶した原因は出血量ではなく、過度の緊張やショックによる失神だったのかもしれない。

棚の引き出しから救急箱を見つけ、消毒薬や清潔そうな包帯を取り出す。小沢さんの傷つけられた右肩をなるべく丁寧に処置し、横向きに寝かせてあげた。

「三上さん、小沢さんの様子を見ててあげてくれる？」

「あ……う、うん……」

三上さんに小沢さんのことを任せ、俺は異形の死体へと近づく。完全に息絶えているのが確認できていても、こうして近づくのには勇気がいる。

改めて見れば、ヘビ人間たちは白衣の研究服を纏っていた。血に塗れてボロボロになっているが、どうしてこんな服を身に纏っているのかが気になった。

もっと注意深く観察しようとしたところで、ある異変に気づいた。怪物たちの骸は原形を保っていない。異常な速度で肉体が崩れ出している。

「うっ……！」

肉や魚が腐るのを早送りで見ているかのように、ぐずぐずと溶けたスライムが床へ広がっていった。残った肉塊には蛆虫がびっちり纏わり付いていて、思わず吐きそうになる。

やがて完全に崩壊した肉片の山には、ヘビ人間たちが着ていた白衣と――真っ白な拳銃が埋もれていた。

（拳銃……？）

蛆の湧く肉塊に触れるのは抵抗があったが、それでも恐る恐る手に取ってみた。手こずりながらその拳銃の弾倉を確認したが中は空だ。グリップには縦に並んだ溝があり、手にしっくりと馴染む。光沢のあるメタルフレームでできている特注品のようだ。見方によっては玩具のようにすら思える。

他に何かないかと手を伸ばすと、胸ポケットに一枚のカードが入っているのを見つけた。研究員証を兼ねたカードキーだった。何の気なしにカードに記載されている研究員の顔と名前を見る。

思わず、息が止まる。


「……早乙女、ヒロシ……」


カードを持つ手に思わず力が入る。

――〝この早乙女とかいうドクターにとって本当に私たちはモルモットに過ぎないらし

い〟。

先刻の小沢さんの言葉がフラッシュバックする。あのときは曖昧だったことが、このカードを見たことで確信へと変わっていた。

この早乙女という男を俺は知っている。

俺がここに連れて来られたのは、おそらく偶然じゃない。


「……三上さん。ちょっとここに小沢さんと隠れてて」

「えっ？」

「俺は部屋の外の様子を窺ってくる」

「えっ、あ、あの……」

「俺なら開け方を知っているから、誰かが扉を叩いても絶対に開けないでくれ。もし俺が戻ってこなかったら小沢さんの指示に従うんだ。いいね？」

俺は三上さんに真っ直ぐ視線を向けて言った。

「……でも……」

三上さんは少し迷ったように躊躇の表情をし、不安そうに俺を見つめた。それでも俺は小沢さんに近づき、彼女が持っていた隠し部屋の鍵を拝借する。

小沢さんは悪夢に魘されているかのように呻いている。彼女が心配ではあるが、俺は行かなければならない。どうしても確かめなければならないことがある。

俺はもう一度、三上さんに笑いかけてみせた。

「心配しないで。絶対戻ってくるから」

第五章

ごく普通の幸せな人生だった。

新潟の一般家庭に生まれた私は、研究職の両親に随分かわいがられた。住宅街の一軒家にはところ狭しと書架が並び、様々なジャンルの学術書がひしめき合っていたのを覚えている。小学校の図書室より本があったと思う。

何やら大規模なプロジェクトに参加していた両親は多忙で、なかなか一緒にいる時間はとれなかった。自然と、私はたくさんの本に囲まれて育つこととなる。知識の海で泳ぎ、情報の山で散策をした。古代生物や滅びた文明についての記述には子供心を躍らせたし、空の青さや物体の運動が物理法則で説明できると知ったときには好奇心が止まらなかった。相対性理論がたった一行のシンプルな数式で表されているのを見て、この世界はなんて美しいのだろうと思った。私もそんな偉大な発見をしたいと志した。

知識とは人類が積み重ねた財産であり、文明が辿ってきた足跡に他ならない。

新たな物事を知ることが私自身のアイデンティティとなった。本を読み、道具を求めて実験を繰り返す。結果から考察を導き出し、そうして世界の仕組みを紐解いていく。いつしか科学こそが私の生きる道となった。

両親は私の知識欲を心から喜んでくれた。職場のラボに連れていかれ、泊まり込むことも多かった。ラボは大好きだ。子供向けの博物館とは違い、無機質な書類やデータが散逸しているだけの部屋だったが、どの本にもまだ載っていない、目新しい資料の宝庫だったから。同級生にはちんぷんかんぷんであろうこの数式の羅列に、自分だけは意味を見いだせる。子供心にも痛快だったのだ。

忙しい両親だったが、暇を縫うように私に顔を見せてくれた。なかなか顔を合わせることが出来ない両親に対して、寂しさを感じていなかったと言えば嘘になる。それでも私が学びを得るほど、彼らは私を褒めてくれた。頭が良い子だと。きっと誰にも負けない天才科学者になると。それが寂しさを克服させてくれた。

普通の子と比べれば親子として接する時間は随分少なかったとは思うが、そんなことが気にならないほど両親の愛情を感じていた。私も両親を心から愛していた。

「今日は何を調べてたの、瞳子？」

「古い文献を読んでたの。あーてぃふぁくと？って知ってるでしょ？　古代には私たち現代人には再現できないような、高度な技術を持った文明が栄えてた可能性があるんだって。オーパーツなんて表現したらオカルトに聞こえるけど、もしその技術を復活させることができれば、食糧難や貧困を解決できるかも……」

確か小学5年生の頃だ。私が早口でまくし立てると、両親は目を丸くしていた。

「すごいなあ。もうそんなことまで勉強してるのか！」

「アーティファクトといえば私たちの研究分野よ。自力で辿り着くなんてさすがねぇ」

そうだ、その顔を見たかったんだ！　私はえっへんと誇らしげに胸を張る。

父さんは私を抱き上げて、頬ずりをしながら褒めてくれた。剃り残した髭がちくちくとしたけれど、父の頬ずりは決して嫌いではなかった。母さんはそんな私たちを見て微笑んでいたのを覚えている。

「いつも寂しい思いをさせてごめんな」

「平気。私が研究員になったら、同じお仕事で働けるもの」

「そこまで考えてたの？　かなわないわね、瞳子には」

「ああ、瞳子は私たちの宝だよ」

両親の賞賛がくすぐったくて、私は照れ隠しに笑ってみせた。


――そんな、夢を見ていた。

自分という輪郭をなぞり、私が何者であったのかを確かめるかのように。

不確かだった記憶が色づくように鮮明になっていく。

（……やめろ。もう終わりでいい）

過去から遡るように、自分という軌跡を追憶していく。

優しい両親、毎日遊びのように様々な知識を追い求めて笑っていた日々。

（これ以上、思い出すな……！）

忌まわしい記憶のフタが開く。あの日の出来事だ。

当時私は中学生だった。

——ビーッ、ビーッ、ビーッ。

甲高い音で鳴り響く警報音、危険を知らせる赤いランプに照らされた廊下。

嫌な予感がした。私は息を切らせながら必死にラボへと向かう。薄い酸素に咳き込み、時折足を縺れさせて転びそうになりながらも、ただ走っていた。

「お父さんっ……！　お母さん……！」

飛び込むように入り込んだ部屋で、私が見たものは……。
この世に存在しえない者たちに、私の両親が直面している光景だった。

「……あぁ、あぁ……！」

薄桃色を帯びた甲殻類のような怪物に、父は銃を放つ。破裂音と共に血が飛び散り、その濺がれた血が私の身にも濁りを与えた。しかし、怪物は撃たれても身震い一つせずにゆっくり鉤爪のついた手足を両親に近づけてゆく。そして、両親の首を躊躇なく引きちぎった。あたかも何かのおもちゃのように、容赦なく。見せつけるかのように。

「あぁぁぁあああああああああああああぁッ！！」

ここからノイズが走ったように記憶が朧気になる。いや、元々この時の記憶そのものが朧気だったのかもしれない。鮮明に思い出せるのは、両親を奪われた悲しみと、奪った者たちへの憎しみだ。
侵入者たちの正体を血眼で調べた。現場の痕跡から、どうやら地球の生命体ではないということがわかった。しかも彼らには知能がある。

古代アーティファクトについて研究していた両親が狙われたのは偶然ではない。彼らは情報を得るために、優秀な研究員だった両親の脳を持ち帰ったのだ。そのためだけにラボを襲撃し、標的以外の人間は皆殺しにしたのだ。

幸せな人生だった、はずなのに。

——私はたまたま生かされた。

怒りと憎しみが全身を稲妻のように貫いた。負の感情が原動力となり、私の復讐の人生が始まった。両親を殺した奴が何者か知らないが、許さない。そしてこのような悲劇を繰り返してはならない。

そのために私——小沢瞳子は今までずっと牙を研ぐように生きてきたのだから。

「……お父さん。お母さん」

そうして自分という存在を確かめ終わった時、自然と夢は覚めていった。

思い出した両親の姿を、もう二度と忘れないと胸に刻む。自然とこぼれていた一筋の涙をぬぐうと視界がはっきりしてきた。

そこには私を覗き込むように様子を窺っている三上がいた。

「あ……だ、大丈夫……？」

「……ああ、問題ない。すまなかった」

三上は私が目覚めたのを確認すると、ホッと息を吐いて安堵の表情を浮かべた。

ずきり、と鋭い痛みが肩を刺す。包帯を巻かれているようだ。

「あの、私が巻いたんだけど、それで大丈夫……？」

「ありがとう。血は止まっているようだ」

私は痛みをごまかすように微笑んだ。血が止まっているのは本当だ。おそらく化け物の爪はかすっただけだったのだろう。毒のある牙で噛まれなかっただけマシかもしれない。

目覚めたばかりで頭の動きが鈍い。以前の記憶が急激に戻った一方で、意識を失う前に何があったのかを思い出せない。何かに対して強烈な危機感を抱いていた気がする。眉間を指で押さえるように揉むと頭痛が少しだけ和らいだ。

「私はどれくらいの時間気を失っていた？　あの化け物たちは？」

「御巫さんが……こ、殺した」

三上が恐る恐る口にする。私はホッと胸をなでおろした。

「そうか、よかった……で、その御巫は？」

なぜか姿が見当たらない御巫について尋ねると、三上はどこか言いにくそうに言葉を濁す。

「えっと……御巫さんは外を確認してくるって……」

「は！？　一人で出て行ったのか！？」

思わず三上の肩を掴む。私の勢いに驚いたのか、三上が小さく震えだしてしまった。

「あ、いや……。しかし、なんて無謀な真似を」

状況判断としては間違っていないが、正しいとも言い切れない。

もしかしたら色々と誤解している可能性だってある。もしも御巫がＲＩＤＥシステムを便利な力だと思い込んでいたなら目も当てられない。御巫がヘビ人間たちと遭遇すれば彼の命が危ない。そしてＲＩＤＥシステムが奪われるようなことがあれば詰みだ。

まずは状況を把握しようと思い、私は呼吸を落ち着けながら三上に尋ねた。

「三上、あいつが出て行ってどれぐらいだ？」

「……？」

「時間を教えてくれ。あいつが出て行ってから何分経ったのか、あるいは何時間か？」

しかし三上は困惑したように首を左右に振る。まさか時計が読めないのだろうか。ズレたところがあるとは感じていたが、よもや義務教育を受けていないのか？

「……わかった、もういい。私は御巫を連れ戻す。お前はここで待ってて……」

焦りで気が逸る中で、不意に入り口の扉がゆっくりと開く音が聞こえた。

先ほどの光景がフラッシュバックしそうになる緊張感の中、自動扉の向こうから姿を見せたのは——御巫だった。

「御巫！　無事だったか！」

「小沢さん、目が覚めたのか。良かった」

「あぁ、心配をかけた。しかし御巫、こんな状況で外に出るなど何を考えて……」

私は御巫を責めかけたが、彼の気配が先ほどまでと違うと気づいて口を止めた。

彼は距離を詰めることはせず、私をただ真っ直ぐに見つめていた。まるで私という存在を見透かそうとするように。

明るく振る舞っていた彼の面影がない。重苦しい空気に私は思わず息を呑む。そんな私に対して、御巫は静かに問いかけてきた。

「記憶が戻ったんだったよな」

「……あぁ」

「肩の傷は？」

「大事には至っていない」

「そうか。なら聞きたいことがあるんだ」

「……御巫？」

「小沢さん、——アンタ、一体何者だ？」

御巫は視線を鋭くしながら私に問いかけてきた。そこに親しみはなく、警戒されているのを強く感じる。

（ああ、なるほどな……）

彼が単独で行動をしていた理由に察しがついた。簡単だ、私が疑われたからだ。この状況の危うさをかみしめながら、私は御巫と視線を合わせた。

「……何者か、か。そうだな。記憶を取り戻した以上、改めて自己紹介をするべきだな」

私は一言一言を、自分自身に確かめるように発した。

「私は小沢瞳子。この小沢開発室で研究を行っていた研究者だ」

私がそう告げると、御巫の眉間に大きく皺が寄った。私へ向けられる警戒心が今まで以上に膨れ上がったのが手に取るようにわかる。

重い沈黙が部屋を満たしていく。その沈黙を破ったのは御巫だった。

「……俺はこの船は何なのか、この船で何が行われていたのかを知りたい」

「当然の疑問だな」

「さっきアンタ、俺に〝変身〟しろって言ったよな。ホイホイ従った俺は怪物と命がけのプロレスごっこ、危うく死ぬところだった」

「だがあの逆境をよく切り抜けた」

「ふざけんな。あの装置はアンタが開発したのか？」

「そうだ」

「ってことは小沢さん、アンタも人体実験をしていたのか？」

その声には、軽蔑と不信の念が滲み出ていた。

（アンタも……？）

彼の使った表現に少し違和感を抱いたが、まずは彼の疑問に答えることにした。

「それは違う。……いや、何を言っても言い訳になるだろうな」

記憶を取り戻した以上、私は彼がなぜこの船にいるのかを知っている。

「すまなかった、御巫」

「……なんで謝る？」

「お前がこんな状況に巻き込まれたのは私の力不足だ。私はお前が誘拐されるのを止めることが出来なかった。弁解の余地もない」

私は御巫に頭を下げる。御巫は苛立ちを加速させたように呟いた。

「頭を上げてくれ。俺が聞きたいのは謝罪じゃない、真相だ」

「では真相を話せば納得するのか？」

「しねえけど！　でも少なくとも何があったかを知るまでは、アンタを敵とも味方とも思えない。……だから腹を割って話してほしいんだ。俺は自分がどんな状況に巻き込まれているかちゃんと知っておきたい」

思いがけない返答に、私は顔を上げた。御巫は真っ直ぐなまなざしで私を見つめている。口調こそ荒々しいが、御巫はこの事態に彼なりの誠実さで向き合おうとしているのだ。だからこそどうしようもない罪悪感が湧き上がってくる。この状況で怒りを抑制し、できるだけ冷静に対応しようとしているのは、この歳で立派なことだ。

「わかった。お前にも、三上にも私の知りうる限りのことを話そう。まず、どこから話したものか……」

私は御巫に説明するため、どこからどこまで、そしてどうやって話すべきかで頭を悩ませる。眉間に指を添えて、ふといつもかけている眼鏡が無いことに気づく。今の今まで気がつかなかった。記憶が無かったせいだろうか。

「まず敵の正体を教えてくれ。あのヘビ人間どもは一体何なんだ？」

御巫がぐっと迫ってきた。自分を殺そうとしてきた者たちの素性を知りたいのは当然のことだろう。私は頷いて答えた。

「……あれは地球上の生物じゃない。異星の生命体だ」

「異星……！？」

「イメージしづらければ、映画のエイリアンのようなものだと思ってくれれば……」

「思ってくれれば、じゃねえだろ。はいそうですかって信じられるかよ」

「信じる信じないはそっちの勝手だ。私は私の知っている話をするだけだ」

私がそう告げると、御巫はぐっと押し黙った。今は聞くことに徹するということだろう。

私はその様子を見て、かつてこの事実を知った頃の自分を思い出していた。昔の自分もこんな風に、すぐには受け入れることができなかった。

「……様々な異星の生命体はこの地球を狙い、たびたび侵略を繰り返してきた。地球上の古代文明には文献も残っている。その多くは彼らに降伏し、神と崇め、神話として記録したものだがな」

「神話……！？　いやいや、話デカすぎだって！」

「実際、その多くは作り話なのだろう。だがその原型となる実話があってもおかしくはないだろう？　それぐらい昔から、連中は地球に干渉してきたんだ」

「頭が痛くなってきたな……」

「多くの一般市民がそうやって混乱するだろう。だからこの情報は伏せられている」

私は三上の様子を見た。彼女は御巫とは違い、冷静とも無表情とも取れる顔で床の一点を見つめている。相変わらず肝が据わっているというか、何を考えているかわからない。

さらに御巫が食ってかかってきた。情報処理に必死なのか、目が泳いでいる。

「小沢さん、それが本当なら……」

「本当だと言っているんだ」

「あんな強い化け物がいて、なんで人類はまだ滅ぼされてないの？」

「いい質問だ。それは私たちにもわからない。仮説を立てるとしたら、たまたまか、今滅ぼさない理由があるか、あるいは滅ぼせない理由があるか。そのうちのどれかだろう」

「たまたまって……」

「それ以外に説明がつかない。猶予がまだあるかはわからないが、いつその時が来るかもわからない」

「……」

ごくり、と御巫が生唾を呑み込む音が響いた。構わず私は話を続ける。

「私の両親は連中に殺された。安く聞こえるかもしれんが――こんな思いをする人を、一人でも減らしたいと思った。これ以上連中の手で犠牲が出ないように。それが亡き両親への親孝行だと思った」

その言葉に御巫だけではなく、三上もが目を見張った。別に同情がほしかったわけではないが、私は彼女の表情の変化に内心驚いた。

「……私は異星人たちに対抗するための活動を始めた。マサチューセッツで連中についての研究に没頭し、やがてある組織を立ち上げることになった」

「組織って……？」

「組織名は〝F.A.N.G〟。異星人から人類を守るために結成された……そうだな、秘密結社のようなものだ。私はそこで顧問を担当することになった」

「この船は、その組織の船ってわけか」

「ああ。F.A.N.Gには私以外にも、人類を愛し、人類のために命を燃やせる仲間がたくさん集まった。ここなら私の力を活かせるという手ごたえがあった」

御巫は一度頭を抱えて黙り込んだが、やがて顔を上げた。

「……それで？　異星人に狙われているからこそ、その対抗手段として色々と研究していたのが小沢さんたちってことだな？　この変身道具を発明したのも小沢さんなのか？」

御巫は黒い装置を掲げながら問いかけてくる。私は首を左右に振った。

「発明というよりは、発見だな」

「発見？」

「RIDEシステムは古代に存在した文明が残したアーティファクトだ。古代文明といっても、人間の今の技術では到底再現出来ない超科学の結晶。オーバーテクノロジーさ。あくまで私はそのシステムのほんの一部を解析して、使用可能にしただけに過ぎない」

「オーバーテクノロジー……」

三上がふと目線を上げ、私を見つめた。

「……そんなもの、よく見つけられたね？」

「……まぁな。たまたま、ラッキーだった」

適当にごまかす。私は三上が珍しく口を利いたことを意外に感じながら話を続ける。

「連中が欲しているのも無理はないと思ったよ。先ほどの〝変身〟のようにパワーを得ることもできるが、それだけじゃない。莫大なエネルギーを生み出すことも、いや時空を超越することだって理論上は可能だろう。この存在が表立って明るみに出れば、何が起こるかは予想がつくだろう？」

「……人類同士での争いの種になる？」

「そう、さながら核爆弾のようにな。当然そんなことは本意ではない。このエネルギーはあくまで、異星人に対抗するための手段として使わねばならない。人類同士で争ってる暇は一秒だってない。連中と戦うためにＲＩＤＥシステムを操作するドライバを開発する、それが私の仕事だからな」

私は薄暗い船室を見渡した。

「だからこの船が用意された。完全オフライン環境の極秘プロジェクト。外部に情報が漏れないよう徹底された海上研究施設だ。……その状況が仇になるとは予想していなかったが」

そのときの私は苦虫を噛み潰したような表情を浮かべていただろう。

人類を守るために必要な研究、故に対策は万全に練られていたはずだった。しかし、その結果がこの有様だ。

御巫が何かに気づいたように、ふっと目を見開いた。

「待てよ。さっき、連中の狙いはその古代の技術だって言ったよな？　つまりその技術を……ＲＩＤＥシステムを狙って、ヘビ人間たちはこの船に乗り込んできたってことか？」

「察しが良くて助かるよ」

私は頷いた。

「いつからかこの船には連中が潜入していたようだった。だからこそ私たちはドライバの開発を急いでいた。奪われる前に完成させ、その力で奴らに対抗するためにな」

「……でもギリギリ間に合わなかったってことか。この惨状から察するに」

「ああ。だが私自身は異星人にやられたわけではない。おそらく……」

私は言葉を濁し、無意識に腕にある注射痕に触れる。

「おそらく私は、異星人にやられる前に仲間に裏切られたようだ」

「……その仲間ってのは？」

「早乙女ヒロシ……さっきも名前が出た、この船にいたもう一人の研究者だ」

私が記憶を失っていた理由、私の身に何が起こったのか、全てを把握しているわけではないが、私には大方の想像がついていた。

「早乙女は科学者として優秀だった。一方で人としてはどうかしている。異星人に対抗するためなら、人間を使い捨てのモルモットのように扱うことも躊躇わないほど非人道的な男だった」

御巫は今までになく神妙な面持ちで私の言葉を噛み砕いているようだった。

「……小沢さんは何で裏切られたの？」

「方向性の違いだよ。人間を消耗品にしてどうする？　尊厳も含めて守れなければ、いずれ人間は畜生へと落ちるだろう。異星人の脅威から人を守ることが出来たとして、私たちまで異星人のようになってしまったら何の意味もない」

「そう主張して……目障りになったから裏切られたってことか」

「その辺りの記憶がまだ曖昧で、詳しい経緯までは私も覚えていないがな」

「そっか……」

早乙女と口論になったのは覚えている。しかし、会話の途中から記憶があやふやになっていき、何も思い出せなくなってしまう。だから彼と最後にどんな話をしたのか、それからどうなったのかは何もわからない。

重たい空気が流れる中、御巫が何やら言いにくそうにしながら口を開いた。

「その、……実は、早乙女の隠し部屋を確認してきたんだ」

「何だと？　奴の隠し部屋を？」

「早乙女開発室の床にあっただろ、開かない蓋が」

「ああ……」

前半分しか無かった足跡。床下で相当な血を足につけて上がってきたのだろう。つまり……。

「俺が倒したヘビ人間たちが早乙女のカードキーを持っていたんだ。その部屋であの男が死んでるのを……この目で見た」

「死んでいたのか、あいつは」

「ああ」

「……そうか」

御巫の言葉を受けて、私の心は複雑に乱れた。

決して仲が良い相手とは言えない、相容れぬ存在だった。それでも同じ目標を胸に邁進していた同志であったのは間違いない。

そんな早乙女が死んでいたという報告は、何とも胸を重くさせた。

「……しかし、どうして一人で確認しに行ったんだ？　またヘビ人間たちと鉢合わせる可能性もあったんだぞ」

気を取り直して咎めるように御巫に言うと、御巫はバツの悪そうな表情を浮かべた。

「それは……危険かどうかを確認しておきたかったし、小沢さんが意識を失っていたから……」

「それを言われたら返す言葉がないが……わかった、この追及は止めにしよう。改めて迷惑をかけた。早乙女にされたであろう処置の影響で、私も一時的に記憶を失っていたからな」

そこまで言って、私はふと首を傾げた。

「……しかし、何故私だけ記憶が混濁していたんだ……？」

「何か俺と小沢さんで条件が違うとか？　違うとしたら男女差？　三上さんもここに来る前のことは口にしないし」

「年齢差、というのもあるかもしれないな。可能性としては」

「言っても俺ら三人、ほぼ同い年じゃない？」

「……何を言ってるんだ、こんなときに世辞はいい。お前らは私より一回りは下だろう」

「は？」

御巫は鳩が豆鉄砲を食ったように目を丸くした。それからまじまじと私を見つめてきた。

「何だ」

「小沢さんって、俺のこと何歳だと思ってんの？」

「大学生だって自分で言ってたじゃないか。二十代前半といったところだろう？」

「あ、よかった。そこは認識あってるんだ。え、じゃあ……小沢さんって、いくつなの？」

「三十四歳だが」

「三十四！？」

御巫だけではなく、三上も驚いた表情で私を見た。

なんだ？　何故、そんな反応をされるんだ？

「小沢さん、ほ、本当に三十四歳？」

「そうだと言っているだろう」

「三上さん、どう思う？」

「どうって……」

御巫に話を振られた三上が困惑したように私を見たまま、小さな声で言った。

「私と同じぐらいだと、思ってた……」

御巫はまだしも、三上はおべっかを使えるような性格ではない。思わず自分の顔に手を触れて、そこで先ほどの違和感を思い出す。私は研究に没頭する余り、ドがつくほどの近眼だったはずだ。だから眼鏡をかけているのが当たり前。

なのに、今の私は眼鏡がなくてもはっきり御巫たちが見えているし、視力に不都合を感じていない。それこそ、まるで眼鏡をつける前の視力に戻ったかのように。

「……二十歳前後に見えているということか、私は」

「うん」

「御巫の年齢は？」

「俺は二十一だよ」

「年相応に見えるな？」

「俺が変わってないってことは、小沢さんにだけ変化が起きたのか……？」

「……そんなことがありえるか？」

もし私が二十歳近くまで遡っていると考えるなら、眼鏡がなくても視界がはっきりしていることには説明がつくかもしれない。

若返り……？　一体、私の身に何が起きたんだ……？

「だから早乙女博士は小沢さんに執着してたのかもな」

御巫が妙に納得したような表情で言った。

「何だって、早乙女が私に執着していた……？」

「……早乙女開発室にあったんだよ。小沢さん宛てのメモが」

「そのメモは？」

「悪い。状態が良くなくて置いてきた。辛うじて読めた、って感じでな」

「どんな内容だった？」

私が問うと、御巫はふっと顔を伏せた。その目は彼らしくない曇り方をしていた。まるで思い出したくないものを、脳裏に浮かび上がらせるように——。

・

約二十分前、三体の異形と戦った直後のことだ。

俺は気配を探りながら慎重に部屋を出て、本棚が動いて扉を隠すのを確認する。そして俺が向かったのは——俺たちが先ほどまで調べていた部屋だった。

「……早乙女開発室」

部屋のネームプレートを一度だけ読み上げてから、俺は再び部屋へと足を踏み入れた。

俺が向かったのは小沢さんと一緒に見つけた開かない床。膝をついて、床にあった溝に手に入れたばかりのカードキーを差し込む。

……電子音が鳴り、床がスライドして収納されていく。そして下へと続く鉄梯子が姿を見せた。

逸る気持ちを抑えるようにゆっくりと息を吐いて、俺は鉄梯子を下りていく。

無機質な鉄の音を響かせながら下り切った先は……血の匂いが充満していた。

噎せ返るような血の匂いの中、部屋の中は酷く荒らされていることに気づく。床には血を踏んだ異形の足跡が付いていて、この部屋を歩き回っていたことを伝えてくる。

そんな部屋の中、血だまりが広がる中で胎児のようにうずくまった姿勢で動かない人間がいるのを見つけた。

呼吸が荒くなる。踏み出した足の一歩が泥のように重たい。ぴちゃり、と血だまりを踏みしめた音すらも鮮明に聞こえてくる。そして俺は……意を決して、うずくまっている男の肩に触れた。

男は、絶命していた。表情は憤怒に歪んだように凄絶で、両手で握ったナイフは自らの首へと突き立てられている。

大量の血だまりが出来ていたのは、この男の血によるものだったのだろう。俺は……その男の顔を目に焼き付けるように見つめた。見覚えのある顔だった。最後に見たときよりも皺が増え、白髪も多くなっているが、幼い頃の記憶から、あの失望した顔が剥がれ落ちたことは一度もない。

「……なんで、アンタが、ここにいるんだよ」

思わずそんな言葉が零れる。手に爪が食い込むほどに握り締めていた。

こんな馬鹿な話があるか。全てはこの男の仕業だったとでもいうのだろうか。しかしそうだとしたら、なんで勝手に死んでいるのか。

今、俺はどんな顔をしているのだろうか？　喜び、悲しみ、哀れみ、怒り……それすらも自分ではわからない。

感情がぐるぐると巡って、結局それ以上の言葉は出て来なかった。その間、ずっと男の顔を見ているしかなかった。

「……？」

自分でも不思議なほどに冷静になって、せめて目ぐらいは閉じさせてやろうと手を伸ばした時だった。どうやら、この男は口の中に何かを入れている。それを隠すように強く噛み締めているようだった。


（おい……よせ、俺、さすがにそれはダメだ）


思考に反して俺は手を伸ばしていた。

死後硬直で硬くなった唇を無理やりに開かせ、口の中へと手を突っ込む。死体に触れているという感触と、まだ乾いていない血の感触に怖気がする。それでも俺の手が止まることはなかった。

死体の腕を平気で触っていた小沢さんや三上さんを見たからだろうか。あるいは変身した姿でヘビ人間を殺しまくった影響だろうか。あるいは、「この男ならありえる」という何かか。今の俺は以前よりも、遺体を暴いていくという道に外れた行為への抵抗感がなくなっていた。このまま自分が変わってしまうのではと怖くなった。

ぬるりとした唾液、その奥に乾いた紙のような感触があり、俺は男の口内からそれを引っ張り出した。俺の手の中にあったのはくしゃくしゃに丸められた紙の塊だった。何か文字が書いてあるようで、さらに紙は何か硬いものを包んでいるようだ。

震える手で紙を広げてみると、中に包まれていたのは三発の弾丸、そして血塗れの小型端子だった。弾丸は全て純白で同じサイズ。先ほどヘビ人間の骸から出てきた白い銃を思い出す。きっとあの銃に装填するための特殊な弾丸なのだろう。そして小型端子の方は――俺はなぜかこちらの方が気になっていた。血をぬぐえば緑色が覗く。本体に不気味な赤い模様が刻まれている。どういうわけか見ているだけで不穏な感情を抱かせる外見だが、先ほど自分が〝変身〟する際に使った端子に似ている。あの機械を小沢さんは「ドライバ」と呼んでいた。だとすると、この不気味な見た目の機械もドライバの一種なのだろうか。

(なんで口の中に……？　ヘビ人間に奪われないようにしていたのか？)

血だまりの中で横にした男は、未だに憤怒の表情で歪んでいる。

「……ちくしょう。どうして、なんだよ」

思わず口をついて出た言葉は、そんな言葉だった。

俺は弾丸と端子を包んでいたくしゃくしゃな紙を広げた。表にも裏にも、赤い文字で長文が書かれている。唾液と血液でところどころ見づらいが、俺は丹念に目を通した。


『これを読んでいるのが小沢瞳子。貴様であることを祈る。

俺はこの事態の緊急性を勘違いしていた。ヘビ頭の人間擬きとか、少しばかり図体が大きい化け物ヘビとか、そんなものは序の口だ。奴らはアレの使いに過ぎなかった。

アレを絶対に陸地に上げてはならない。お前でもわかるはずだ。

タブーを受け入れろ。お前にも適性は確認された。既にお前を含む三名の被検体に、タブードライバのモデルであるアンノウンのＤＮＡ因子を取り込ませてある。つまりお前たちはある程度自我を持ってタブーに変身可能だ。

事が済んだら、試作ワクチンを使って自害しろ。自我が残っているうちにな。

Ｄ-３とかいう鉄屑にこだわるな。あんな舐めた玩具では雑魚退治が関の山だ。人間一人を守るために人類滅亡など本末転倒もいいところだ。人類を救うのはタブーしかありえない。』

文章はそこで途切れていた。悪寒がして、俺は先ほど男の口内から取り出した緑色の小型端子を見つめた。

そうか、思い出した。先ほど小沢さんと見た〝タブードライバ仕様設計書〟に添付されていた画像に同じものが写っていた。異質な雰囲気を放つこのドライバこそ〝タブードライバ〟なのだとしたら——？

メモを裏返すと、そこには別の内容が記されていた。こちらは黒い文字だった。

『千聡、すまなかった。

お前のことをずっと誤解していた。

適性の発現が第二次性徴以降にならないと確認できないという事実が、当時はまだ明らかになっていなかった。私はお前を失敗作だと思い込んでいた。お前の母親にも悪いことをした。彼女が適性持ちだったために、お前に適性がないと知ったときは落胆があまりにも大きかった。許してほしい。今からでも間に合うなら、私の開発したタブードライバで』

そこで途切れていた。続きは血と唾液でかすれていて読み取れない。

――くしゃっ。

思わず俺は紙を握りつぶしてしまった。腹の底から湧き上がった感情が、衝動的に俺を暴力へと走らせる。メモを握り締めたまま机を叩くと、強く握りすぎた拳の骨が軋むように痛んだ。

「……はは、誤解していた、ときましたか」

だんだんと事情がわかってきた。悔しすぎて笑いが込み上げてくる。俺はまた男の顔を覗き見た。もはやモノと化してしまったその男は、まぎれもなくずっと俺が憎んでいた顔をしていた。


『こいつは失敗だ。適性がない』


俺が子供の頃、この男はよくそんな言葉を口にしていた。

そのたびに母親が悲しそうに表情を曇らせていたことだけは覚えている。当時の俺には何の話かよくわからなかった。自分が勉強のできない劣等生だからだろうとしか考えてはいなかった。

しかし今ならあの意味がわかる。

きっとこの男は二十年以上前から〝変身〟に関する研究に着手していたのだろう。人間としての限界を超える超常生物に変身できる「適性」を持つ人材を探していたのだ。

おそらく俺の母親と結婚したのは、彼女が「適性」を持っていたからだろう。「適性」が次世代へと遺伝するのを期待して、いつの日かタブードライバが完成した際に変身できる若い肉体を用意しようとしたに違いない。

そこで生まれたのが俺だった――でもこのメモにある通り、幼少時の俺には「適性」が確認できなかった。失望した父親は、母親と俺を捨てて出て行った。苗字が母親の旧姓である「御巫」になったとき、父には二度と会えないのだとようやく理解した。

研究に没頭するあまり俺と母親を捨てて出て行ったのだと俺は思い込んでいた。だが事実は違った。この男にとって母親も俺も、研究のための材料でしかなかったのだ。


――早乙女ヒロシ。この男は俺の父親だ。


荒く肩で息をしながら、俺は荒れ狂う感情に翻弄されるしかなかった。

ここに一人で来ると決めてから覚悟はしていたはずなのに、知ってしまった事実が俺から冷静さを奪っていく。

三上さんや小沢さんをあの部屋に置いてきてよかった。

「くそ、くそっ……！！」

俺がこの船に連れて来られた理由。全ての元凶はこの男なのだ。「適性」が発現したと知った早乙女ヒロシが、俺をここまで連れてきて実験動物にしようとしたのだ。

——待てよ。だとしたら、三上さんは？

三上さんも俺と似たような境遇でここに連れて来られたのかもしれない。「適性」を持っていたのだとしたら、早乙女研究室のメンバーによってモルモットに選ばれた可能性がある。もしそうだとしたら、三上さんも俺と同じ被害者だ。

不健康そうな青白い顔が目に浮かぶ。助けなければ、三上さんを。

小沢瞳子に関しては不審な点が多い。このメモを見る限り、タブードライバについてもある程度知っているのだろう。今は記憶が無いと言っていたが嘘の可能性もある。本人を問い詰めて知っていることを全て吐かせなければならない。

交渉のカードが必要かもしれない。俺の手元にあるものは二つ。このタブードライバ、そして俺が「早乙女の息子」だという事実だ。少しでも自分が有利になるよう、重要なタイミングまではその二つは隠しておくべきだろうと思った。

「俺が……三上さんを守らないと……」

母親の死にざまを思い出す。散らばった錠剤に囲まれて倒れていた母さん。もし体調の異変に俺が気づけていたら死なずに済んだのに。

俺は決意を胸にして、小沢開発室の隠し部屋へと戻ることにした。

御巫は私の問いかけに押し黙り、それからゆっくりと溜息を吐いてから告げた。

「……タブーを受け入れろ、って書かれてたよ」

「そうか。実物は？」

「え？」

「タブードライバの実物は、部屋になかったか？」

「……いや。なかったよ」

御巫が首を振る。三上は先ほどから黙って私たちの会話を聞くのみだ。

「……本当か？」

「こんなタイミングで嘘ついてもしょうがないでしょ」

御巫がいつものようにへらりと笑った。だがその目には警戒の色が宿っているのを私は見逃さなかった。もう隠し事はできないと思った。

「お前がこの船に連れて来られたのはＲＩＤＥシステムの適合者だったからだ」

御巫の表情が真剣そうに引き締まるのを見て、私は弁解を続けた。

「事前の調査でF.A.N.Gが目をつけていたんだ。そのリストを見た早乙女が拉致同然で連れてきて実験台として利用した。私が気づいた時には既に犠牲が出ていた。それを止めようとしたが、結果として私まで実験台にされたというわけだ」

それを聞いて御巫は納得したように頷いた。

「三上さんもそうなの?」

御巫がちらりと三上を見やる。自分の名が呼ばれるとは思っていなかったらしく、三上はぴくりと反応した。

「早乙女の用意した被験者については私も詳しく知らないが、おそらくはそうだろう。お前にも謝らせてほしい。すまなかった」

私は三上に頭を下げた。三上は変わらず読めない表情のまま小さな声で言った。

「……小沢さんは実験を止めようとした」

「しかし……お前たちをこんな事態に巻き込んでしまった」

するると御巫が横から口を入れてきた。

「それを言ったって仕方ないだろ。それに、俺たちは無事だ。……今のところはだけど」

「結果論でしかない。タブーに変身させられていたら死んでいたかもしれない」

「死んでいた……?」

「あの男はそういうことをする男だ。どこまでも合理的で、感情や人の犠牲なども顧みない。非情であることは確かに必要だったかもしれない。しかし、人を尊重することを忘れた時、私たちは倫理を放棄することになるだろう。それだけは、それだけは忘れては駄目なんだ。だから、私は止めようとした……そうだ、止めようとしたんだ……」

「止めようとした……？」

「……御巫、〝タブー〟とは何かまで調べはついているか？」

問いかけようとしてきた御巫に、今度は私から問いかけてみる。すると御巫は少し考えた後、首を左右に振った。

「タブーとは、ＲＩＤＥシステムで使用する早乙女が作り出した人工ドライバだ」

「ドライバ……さっき俺が変身したやつと同じものなの？」

「似て非なるものだ。私が作り出したＤ‐３はあくまで使用者の身体能力をベースに超人的な能力を与えるための強化装甲だ。しかし、そのスペックに早乙女は全く納得していなかった。奴は地球人の肉体そのものを異星人に近づけようとしていた」

御巫も三上もハッとした表情を浮かべた。

「地球人の肉体そのものを、異星人に……？」

「そうした方がＤ‐３よりも確実に強い力を生み出すことができる、少なく見積もっても相打ちには出来ると奴は主張した」

「そんなの、倫理に反してるどころじゃないでしょ」

「その通り。『禁忌の技術だ』と多くの研究者が批判し、そのドライバを『タブー』と呼ぶようになった。早乙女はその呼称をむしろ喜んでいたがね。まったくあの男らしい」

私は溜め息を吐いた。話していて気持ちのいい話題ではない。

「つまりタブーは人間の身体を異星人に限りなく近づけ、異星人に対抗させようとした狂気の産物というわけだ。――そして早乙女はタブー開発を急ぐため、人体実験を行うようになった」

私が告げた言葉に御巫は顔をしかめる。嫌悪感を抱くのは当然だろう。

「人体実験って……俺たちとか、あの資料にあった被験者たちのこと？」

「ああ、ひどいものだったろう？」

「一人の命に構う必要はないとか書かれてたね……」

「あんなものは人間が使って良い代物ではないんだ。あれは人の命を犠牲にすることを前提に作られたものだ。そんな短絡的な考えではその場凌ぎになっても先はないと奴に訴えたのだ。しかし奴は適性を持つ人間を集めて……」

そのときふと、私の中で何かが引っかかった。

タブーを受け入れろ――早乙女は私にそう書き遺したというらしい。
それはつまり、私がタブーに変身できるという事実を示している。先ほど発見した〝タブー実験報告書〟の内容が正しいなら、私の身体には〝アンノウン〟なる存在のＤＮＡ因子を注射されており、「変身の負荷」に耐えうる素体となっているのだ。腕に注射痕があるのを見るに、御巫たちも同じようにアンノウンの因子を入れられてしまったのだろう。

早乙女の思い通りになるつもりはない。しかし少なくともアンノウンの正体を知ることが、この先待ち構える異星人に対抗するヒントになるのではないか……？

私はしばらく思索を巡らせたあと、二人に話しかけた。

「御巫、三上」

「ん？」

「……な、何……？」

「階下に移動しよう。メインブリッジで救難信号を出し、外部にこの危機を知らせる」

「まぁ、そうだよね……。三人でどうにかなる話じゃないし」

私の提案に、納得したように御巫が頷く。

「だがおそらくメインブリッジにはヘビ人間らがいる。どのくらいの戦力かわからない以上、事前に対抗策を練りたい。そのために確認したいことがあるんだ」

「確認したいこと？」

「あぁ、後で詳しく話す。……だから、今は手を取り合おう。私が責任を持ってお前たちを守ると誓う。信用してもらえるか」

私は御巫と三上に視線を向けながらそう言った。

御巫は少しだけ不思議そうに、三上は私をジッと見た後、俯くように頷いた。

「早くこの部屋を出たいところだが、少しだけ待ってくれ」

私は自分のデスクへと向かい、机の引き出しを開けて中身を確認していく。

「……何を探してるんだ？」

「一応な。早乙女が取り上げていなければ、ここに隠してくれていると思うのだが……よし、あった」

私は引き出しを探り、目的の物があったのを確認して引っ張り出した。

引き出しの奥に隠すように入れられていたのは、やや大きめのロケットペンダントと、D-3とは色違いのドライバだった。

「それって、ドライバ？　か？」

「ああ、D-3を強化するための試作品〝D-4〟だ。まだ調整が済んでいないテスト段階のドライバだ。私に何かあったなら、ここに隠されている可能性が高かった。研究チームの誰かが早乙女から隠してくれたのだろう」

「さっきのやつよりも強力なの？」

「そうだな。ただ調整が済んでいないから使用者への反動も凄まじい。だから正式に実装されたものではないんだ」

私がそう言うと、御巫が心配そうに私を見つめてきた。

「……まさか、小沢さんが使う気？」

「少なくとも御巫には使えない。Ｄの名前を冠するドライバは　一度使用すると二十四時間経過しなければ再度変身はできない。身体への負荷が非常に大きいからな」

「でも……」

「大丈夫だ。テストだって私が担当していたんだからな。さあ、ＲＩＤＥシステムをこちらに渡してくれ」

御巫の気を紛らわせてやるためにも私は軽い調子で彼に言った。そして御巫がしぶしぶといった感じで渡してきた装置を受け取る。

次に私はロケットペンダントを首にかけてから、その中身を開いた。

ロケットペンダントの中身は、幼い私を抱き上げる父と隣に立つ母が写った写真だ。気になったのか、覗き込んできた三上が問いかけてくる。

「……これは小沢さん？」

「あぁ。幼い頃の写真だ」

「一緒に写っているのはお父さんとお母さん？」

彼女の瞳は微笑ましい光を宿していた。心の奥底に、家族の温かさや絆に対する憧れが秘められているように感じられた。

「……そうだ。私にとっては今でも尊敬している人たちだよ」

「へぇ……それは、じゃあ生きて帰らないとな」

御巫は自然とそう言った。その言葉に私は思わず動きを止めてしまった。

彼は、きっと私の帰りを待っているという意味で口にしたのだろう。思わず苦笑が浮かんでしまう。私の両親が異星人に殺されたのだという話を思い出したのか、御巫はハッと気づいた表情になり、慌てて申し訳なさそうに手を振った。

「あっ、ごめん……！　違うんだ！」

「いや、気にしないでくれ。生きて帰らなければならないことに変わりはない」

それが私の両親への孝行になることも、また間違いない。

「今は手を取り合って、この苦難を乗り越えよう。私からの償いは無事に生還してからさせてほしい」

「……いいよ、そんなの」

少し笑った御巫の表情は、今までになく引き締まった様相へと変わっていた。先ほどまでの私への敵意や警戒心はもう無くなっているようだった。初対面の青年に信頼されたことが嬉しく、私は胸をなでおろした。

私は隠し部屋を出た。その後ろから御巫と三上が続く。ヘビ人間がまだ残っていないかを慎重に確認しつつ、私が向かったのはこの階に残る最後の部屋だった。

「ここに用がある。まず、私が入るから後に続いてくれ」

「生体研究チーム……？」

プレートの名前を訝しげに読み上げる御巫を制しつつ、私はカードキーをかざして扉を開く。中は他の部屋とは違って整頓されていて、綺麗なままの状態だった。

恐る恐る部屋の中に入った御巫と三上は部屋を見渡しながら私を見る。

「ここで何を探すんだ？」

〝アンノウン〟について調べたいのだ、という言葉を私は呑み込んだ。信頼されたばかりのタイミングで申し訳ないが、だからこそ、このことを二人に話すわけにはいかない事情があった。


——生体研究チーム。

私の記憶が正しければ、アンノウンの分析を担当していた部署だ。彼らは常に情報管理を徹底していたため、研究対象の外見や特徴は外部に知らされていなかった。そのため同じ船に乗っていたにもかかわらず、私はアンノウンの正体について一切を知らない。

あくまで私の予想だが、アンノウンとはヘビ人間の中でも特殊な個体なのだろう。生体研究チームが研究対象として固執し、早乙女がタブー変身への触媒となることを期待するほどの特別な何かを秘めた存在。だからこそ私たち被験者の身体にそのＤＮＡを取り込ませたのだ。

知っておきたい。それほどまでに特異な個体について知ることが、異星人への対策のヒントになるはずだ。あの男が標的にしたのだから。奇妙な信頼がある。そのためにこの部屋に来たのだ。


一方で私はとある仮説を立てていた。その仮説が合っているのだとしたら、今は私の目的を隠しておかなければならない。

「……何か有用な情報があるのではと思ってな。まずは手分けしてこの部屋を調べよう。使えるものは何でも利用しなければ」

私は胸中で御巫と三上に謝りながら、そう言ってごまかして部屋に踏み込んだ。


扉から入って右手の壁一面が本棚で埋め尽くされている。生物学に関する書籍が多く、とりわけ爬虫類に関する本が散見される。三上がそのうちの一冊を手に取り、不思議そうに見つめる。御巫も三上の隣に立って適当な本を取り、彼女に話しかける。

「意外とこういうところに、ヘビ人間を倒すヒントがあったりしてな。ほら見てよ。ヘビって寒いと強制的に冬眠しちゃうんだって。冷却ガスとかでも冬眠するんかな？」

「これも面白いよ、ヘビは赤色を判別できないんだって。もしヘビ人間も同じだとしたら、赤い布をかぶれば見つからないんじゃない？」

御巫は素晴らしいアイデアを披露するかのように目を輝かせるが、三上は無視して写真の多い本をぱらぱらとめくっている。この場合は彼女のようにスルーするのが正解なのだろうが、放っておけず私が指摘した。

「……蛇にはピット器官と呼ばれる人間に無い器官が鼻のあたりにある。簡単に言えば温度を可視化するものだ。つまり、見えなくても体温でバレる」

「ほえ〜〜〜じゃあ無理か……」

御巫は笑みを浮かべつつ残念がる。先ほどまでの緊張感はやわらいできたようだ。これが本来の御巫なのだろう。

部屋の中央には大きな丸いデスクがあり、私はそこに〝アンノウン実験報告書〟と書かれた書類束が乱雑に置かれているのを見つけた。二人に気づかれないようその書類を手に取り、内容を確認する。

「……」

『十月～十一月アンノウン実験報告書

○生態観察
アンノウンの基本生態について観察を行う。
肉食。自分の身体と同等サイズの生物を丸呑みにすることが出来る。
適正温度は二十五度から三十度、変温動物。
室温を徐々に下げていくと緩やかに動きが鈍くなっていき、五度前後で活動を停止。
従来の変温動物と同様、寒さには強くはないと推察される。

○生活域実験
陸上生物なのか、両生類なのかの確認。
温かい海水を一定量室内に取り込む。
結果、泳ぐことは出来るものの水中での呼吸は確認出来なかった。
陸上生物。
アンノウン用の餌が残り僅か』

さらに続きを読んでいく中で、私の嫌な予感が募っていく。

「なんだこれ？」

振り向くと、御巫がとある壁の前に立っている。

壁には大きな白い旗が留められていた。旗には黒いインクで円と、円の中に螺旋のような模様が描かれている。2匹の蛇が巻き付いたような模様は、一体何を象徴しているのか、見ているだけで落ち着かない気分にさせられる。その旗の左隅、そこが一部変色していることを私は確認した。一度目を伏せた後、深呼吸をしてめくってみる。旗の裏にあるものを見て私は、今こそ自分の仮説を検証するべき瞬間だと悟った。

「小沢さん？」

何が書いてあるのか、という表情で御巫が呼びかけてくる。私はそれを制止し、三上に声をかけた。

「三上、この旗の裏なんだが……」

「……旗……？」

「何か書かれているんだが、代わりに見てくれないか。私は目が悪くて、よく見えなくてな」

「う、うん……？」

よくわからない、といった様子のまま三上は旗に近づいていき、その旗の裏をめくった。

そして旗の下の壁面を見て、首を傾げながら振り返る。

「……何もない、よ？」


三上がそう言って、私は静かに息を吐き出した。やはり、と思いながら。

「え、どういうこと？　俺も見ていい？」

御巫が笑いながら三上の横に立ち、壁面を覗き込む。その瞬間、彼の表情が凍りついた。

当然だ。三上に見えていないものが、彼にはしっかり見えているはずなのだから。

何とも重々しい気持ちになりながらも、私は三上を真っ直ぐに見つめる。私の視線に射すくめられたように三上は肩を縮こまらせた。

「三上、何もないんだな」

「え、え、うん……？」

「聞き方を変えよう。その壁に書かれた血の文字が見えないんだな、三上」

旗の下の壁面には、おびただしい血で書き殴った、荒々しい文字が刻まれていた。


『赤き瞳の者どもよ、お前たちにはこれが見えるか？

見えないだろう！　お前たちにこの文字を、意志を、消すことは決して出来ない！
お前らはヘビから随分と進化した生物だが、その実ヘビの特徴はそのままだ。
だから赤色は判別できない。
そこにきっと突破口があるはずなんだ。どうか俺の代わりに奴らを――』

私は、確認するように読み上げた。
三上は私の言葉に動きを止め、青ざめていた顔色がさらに血の気を失っていく。
その反応で私は遂に確信を得るに至った。三上ひとみ、彼女は――。

「アンノウンとは、お前のことだな。三上ひとみ」

第六章

——アンノウン。

その言葉を突きつけられた三上が大きく震え、恐怖に怯えるように立ち尽くしている。明らかに動揺している表情は、それ自体が私への返答だった。

一方で、何も事情がわかっていない御巫は困惑したように三上を見つめている。

彼も旗の裏の文面から、血文字を視認できないという事実が何を意味するのか察したのだろう。だから御巫は声を震わせながら私へと問いかけてきた。

「小沢さん、どういうこと……？　アンノウンってなんだよ？」

「……」

「なあ、三上さんもさ……なんで黙ってるの？」

三上は俯いたまま無言を貫いているが、その表情は蒼白そのものだ。

「なんで何も……なあ、どういうことなんだよ？　そういえば早乙女のメモにもそんな言葉が書いてあったけど……ここにある『ヘビから随分と進化した生物』ってのと関係あんのか？」

「関係ある、どころじゃない。そのものだよ」

私は冷静を保つよう自らに言い聞かせながら答える。

「アンノウンとはヘビ人間たちの中でも特殊な個体だ。生体研究チームの分析対象だったが、私は直接その姿を見たことがなかった。その存在も資料でしか知らなかったぐらいだ。ここまで人間と同じ外見とはな……」

「まさか……」

御巫が、旗の裏の文面を見ながら声を震わせる。

「まさか、三上さんがあいつらの仲間だっていうのか……？」

御巫は縋るような目で三上を見つめる。三上は彼の視線から逃れるように俯いてしまい、二人の視線が交わることはなかった。そんな彼女の様子を注意深く確認する。

「待ってよ……三上さんは普通の人間だろ？」

「現実を見ろ、御巫」

「小沢さんだって見てよ！　どっからどう見ても俺たちと同じ人間だ。あいつらとは違う！　俺たちと同じように、訳もわからずこの騒動に巻き込まれてる被害者だろ？」

「しかし実際、彼女には赤色が見えていない。目が覚めた部屋でも彼女は躊躇なく血に足を突っ込んでいたが、それは血そのものが見えていなかったからだ」

「ちょっと混乱してただけだろ？　人間にだっていくらでも……」

「お前がヘビ人間の脱皮の形跡を見つけたとき、彼女はなんの興味も示さなかった。おかしいとは思わなかったか？　彼女にとって見慣れた光景なんだよ」

私は三上の反応を見守りながら話し続けた。彼女は床を見つめたまま身体を震わせているだけだ。ここまで彼女と一緒に行動してきた私には、それが肯定のサインであることがなんとなく察せられた。

御巫は反論の余地を失ったらしく、汗を拭きながら視線を泳がせた。

「……なあ、やめようぜ。いくらなんでも俺、怒るよ」

「感情論はなしだ。もう一度言うが現実を見ろ」

「なんでっ……なんで疑ってたんだよ、三上さんを……？」

「厳密にはお前たち二人とも疑っていた。初めから私と一緒に行動しようとしていたからね」

「一緒に行動しようとしていたから……？」

「ヘビ人間どもの狙いはＲＩＤＥシステムだ。それを奪うために船まで潜入してきた。しかし奴らは、最後まで私の隠し部屋を見つけることができなかったんだ。研究員も情報を吐かせる前に全員殺してしまったんだろう」

ここまでに見た何人もの仲間の遺体を思い返し、無念さと吐き気に襲われる。思考をそらしたくて私は話し続けた。

「つまり奴らは行き詰まってしまったんだ。しかし奴らは幸運なことに、部屋の所有者である私・小沢瞳子がポッドの中で生存していることに気づいた。私を殺さず泳がせていれば、隠し部屋まで辿り着けると考えるのは自然な発想だろう」

「俺らは殺されなかったんじゃなく、ＲＩＤＥシステムを見つけるために生かされてたってこと……？」

御巫は半ば呆然としながらも、この真相を受け入れなければならないと気づき始めているようだった。

「ようやくわかってきたようだな、御巫」

「勘弁してよ……。ってことは、ヘビ人間たちが隠し部屋に入ろうとしてきたとき、三上さんが扉を開けたのも……？」

「ヘビ人間を中に入れるために開けたんだろう」

あの時の彼女は明らかに、外部の助けを期待している表情ではなかった。それから私の中で彼女への疑惑は広がっていた。

今、三上は何も言わず、ただ自分の身体を抱き締めるように腕を回して小さく震えている。そんな彼女を見つめて私は問いかけた。

「三上、お前は船に潜入したヘビ人間から指示を受けていたんじゃないか？　奴らの指示でＲＩＤＥシステムを見つけるため、私たちと行動を共にしていた」

私が一歩、三上へと近づく。三上は後ろに下がろうとして背中を壁につけてしまった。その表情は恐怖に染まっていた。私がさらに距離を詰めようとすると、御巫が私の肩を掴んだ。

「でっでも、あのとき……ヘビ人間が入ってきたとき、真っ先に三上さんを攻撃してたよな？　仲間だったら攻撃したりしないだろ？」

御巫は三上の無実の証拠を必死に探そうとしているようだった。私は御巫に向き直り、首を縦に振った。

「その通り。私は『三上がヘビ人間の仲間だ』なんて一言も言っていない」

「は？　でもさっき、指示を受けてたって……」

「おそらく〝アンノウン〟は、ヘビ人間たちの中で迫害されている個体なのだろう」

「どういうこと……？」

私の言葉の意味がわからず、御巫は困惑している。私は深く溜息を吐きながら、最後の仮説を口にした。できれば当たってほしくない、と願いながら――。

「アンノウンとは、呪いの子なんじゃないか？」

「呪いの子……？」

「趣味の悪い童話を読んだろう。『くちなわさまとおろかなうらぎりもの』だよ」

私が「くちなわ様」と口にした瞬間、弾かれたように三上は顔を上げて大きく目を見開いた。

「気づいて、いたの……？」

その反応を見て、私の胸のうちに暗雲が垂れこめる——嫌な予想は当たっているらしい。

「私も女だからね。お前が妊娠していることに気づいたとき、ゴミ箱にあったコピー本の内容と結びつけて考えてしまったんだよ」

「に……妊娠……！？　三上さん妊娠してるの？」

目の前では御巫が情報を処理しきれず、情けない表情で三上の腹部を見つめている。

「それは、あの……おめでとう、って言っていいやつ……？」

その場違いな問いに、私も三上本人も答えなかった。全員がコピーの内容を思い出していた。あの趣味の悪い童話のような文面を。

——呪いの子は裏切者の腹の中で際限なく大きく育っていき、最後は母体を突き破って産まれてきます。

――母体は肉塊と化し、死にます。
――腹が破裂して死ぬまでの間、私たちの奴隷として使いつぶします。
――この一族は不幸でい続けることが、生きる意味なのです。

長い沈黙が続いた。誰も、何の言葉も発しようとはしなかった。その沈黙こそ私の仮説が正しいことの証左だった。

その仮説とは、彼女が「くちなわ様」の呪いにかかった一族の末裔だということだ。母親の腹を破って産まれた彼女は、今度は新たな命を宿している。胎内の子が大きくなったとき、三上は母親と同じように腹を破られて絶命することが運命づけられている。少なくともあのコピー本に則るならそういうことなのだろう。

もちろん私としては、呪いなどという曖昧な話を科学者として肯定したくない。そのような現象が発生する条件は必ずあるはずだ。三上の遺伝子異常なのか、「くちなわ様」と呼ばれる存在が何かしらのオペレーションを施しているのかは不明だが――しかし重要なのは、ヘビ人間の協力者でありながら迫害されている〝アンノウン〟・三上ひとみが目の前にいるという事実だ。

最初に口を開いたのは三上だった。

「……私を、殺す？」

私と御巫は驚いて息を呑んだ。三上は無表情で虚空を見つめている。

御巫がショックで絞り出した情けない声を聞きながら、私は三上に尋ねた。

「ちなみにこれは科学者としての純粋な疑問だが……お前を殺すことは、現実的に可能なのか？」

三上はふっと力なく首を振った。

「多分、殺せない。色々なことをされたけど、死ななかったから。自分で死を選ぶことも、できなかった。自分の赤ちゃんにお腹を突き破られて死ぬ。たぶん、そう決められているから」

「生憎呪いだとか運命だとか、非科学的な答えを私は信じない。一種のマインドコントロールのようなものだろう」

「…………死ねなかった。死ななかった。死にたかった」

「……」

ずっと黙って聞いていた御巫が、しびれを切らしたように口を挟んだ。

「誰も助けてくれなかったの……？」

「……」

「そんな理不尽な呪いを抱えて生まれて、ずっと苦しかったのに……それでもあんな怪物どもの言いなりになってるのはなんで？」

「……？」

三上は、不思議そうに首を傾げる。

「だって、そういう〝おやくめ〟、だから」

「そんなものが役目なわけないだろ！！！！！」

珍しく声を荒らげる御巫。辺りに奴らがいるかもしれないという考えがよぎるよりも先に言葉が出ているようだった。慌てて自分の口を押さえる。怒声ともとれるその言葉に、二回りほど三上が身を縮こまらせる。

「ご、ごめん。違うんだ、三上さんに怒ってるわけじゃない」

「……しょうがないの。私の祖先が、くちなわ様を裏切ったのが、悪いから」

彼女の乏しい表情が、更に凍り付いていく。

実験報告書の内容を思い出す。彼女はこうやって、あらゆる理不尽を、絶望を、怒りを、悲しみを、この言葉で封じ込めてきたのだろう。いや、もう封じているという感覚すらないのかもしれない。

「……しかし俄かには信じがたいな……〝くちなわ様〟なんて存在が、いるということは」

信じがたいというより、信じたくないというのが本心かもしれない。

三上の瞳はこちらを見ているのに、その焦点が合うことはない。虚ろな目をして、彼女はとんでもない事実を告げた。

「信じることになる。この船にいるから」

ガン、と、何か食らったような衝撃が脳に走る。

「この船にいるだって？」

「そうだよ。〝イグ招来の儀式〟をしたから」

「イグ？」

「くちなわ様のこと」

三上がさらりと言ってのけた事実に、私は戦慄した。

イグ――。

神話を調べていた頃、多数の文献で散見された名前だ。全ての蛇族の父といわれ、古代からヘビ人間たちの信仰の対象とされていた。いわば蛇神である。

日本のヤマタノオロチ、インドのナーガ、ギリシャのメドゥーサ。ヘビという生き物が畏敬や信仰の対象となって神話に登場することは人類の歴史においても珍しくはなく、その一部はイグに起源を持つものだろうという言説も数多く発表されてきた。しかし私はてっきり、イグ自体も神や仏のような概念だと解釈していた。実体があるとは想像すらしなかった。

本当に「くちなわ様」の正体がイグだとしたら。――そうか、ゴミ箱にあった「くちなわさまとおろかなうらぎりもの」のコピー本は、ヘビ人間たちの間で語り継がれていた伝承を日本語翻訳したものなのか。研究に使用したサンプルであるアンノウンの起源を知るために。

ああ、まずい。辻褄が合っていく。

だとしたら三上の言う通り、本当に今、イグがこの船に乗っているというのだろうか。

私は神話を相手どらなければならないのか。

……いや、落ち着け。ありえない。イグの名が登場する文献は、古いものであれば紀元前にまで遡る。たかが一個体の生物がそんな長寿を保てるはずがない。そうだ、神などという曖昧なものが実在してたまるものか。寿命に限りのある生命体のはずだ。永遠なんてものは、どの分野でも発見されていないのだから。

だが、だが――〝もしかすると〟がちらつく。

脳の処理として落とす答えと、身体が直感で感じていることの乖離が感覚としてある。

あぁ、この感覚は好きじゃない。

「……ごめん」

動揺する私をしり目に、三上は静かに部屋を出て行った。

「御巫、追ってくれ」

「えっ」

「いいから追うんだ。危ないだろう、この状況で一人にするのは」

「わ、わかったけどさ、小沢さん……」

御巫は苦しそうな視線を私に向け、ごくっと喉を鳴らした。

「先に言ってほしかった。……他に俺たちに話してないことはない？」

「……？　ああ、ないよ」

私が頷くと、御巫は心苦しそうに頷いた。

「後で俺からも話したいことがある。それでもう隠し事はなしにしよう。俺、小沢さんのことも三上さんのことも、やっぱり信じたいんだ」

その言葉に面食らった私を置いて、御巫は部屋を出て行った。

〝信じたい〟ね——。

三上に裏切られていたことが発覚しても、なおその言葉を使える彼は強い。どれだけ人を信じられる男なのだろう。最初に抱いた軽薄な印象とは真逆のイメージが、私の中に固まりつつある。

いや、私も無意識のうちに彼の誠実さを感じ取っていたのだろう。だからこそ心血を注いできたD-3ドライバの変身を、躊躇なく託せたのだ。

……そんな男がこの書類を見たら、どんな感情を抱くのだろう。

先ほど見つけた〝アンノウン実験報告書〟を再び開き、私は深い吐息をつく。〝アンノウン〟の正体が三上ひとみであることを知った今、このレポートの印象は随分と様変わりする。心苦しい表現の連続に耐えながら、私は最後まで読み通すことにした。


『十月〜十一月　アンノウン実験報告書』

○耐薬実験
様々な種類の麻酔や毒物を投与する実験。

結果、麻酔は一定の効果があったがウィルスや毒物についてはどれも効果がなかった。

これだけ多様な耐毒性を持つ生物は人類史において大きな発見だ。

万能薬も作れるのではないだろうか。

○生態観察（2回目）

アンノウンの餌が尽き、十四日が経過した。

さすがに弱っていくアンノウンの様子が見て取れる。

このままでは我々も困る。この一族は、もっと苦しまなければならない。

そんな中、我々の中から自らの身体を餌として志願する者が現れた。

なんと素晴らしいことだろう。自ら申し出た彼等には敬意を示したい！

咄嗟に抵抗しないように志願した者たちへ全身麻酔をかけてアンノウンの前に放り込む。

空腹で限界のはずのアンノウンは与えた餌へ中々近づこうとしない。

私は固唾を呑んでアンノウンを注視するしかなかった。

歯痒さに堪える中、一日が過ぎた。とうとうアンノウンが餌を丸呑みにした！

アンノウンは涙を流していた。

よほど身体に染みわたる美味しさだったのだろう。

私も感涙に噎び泣いていた。

ありがとう、犠牲になってくれた勇敢なる科学の者たちよ！

蛇山研究員と蛇島研究員もこの結果を喜んでくれた。彼らがいればこれからの研究も大丈夫だろう。

だから、次は私がアンノウンの餌となろう。これも科学の進歩のためだ。

後のことは、彼らに託すことにした。

アンノウンのことをよく理解している彼らなら大丈夫だろう。あぁ、安心した。

これで私がいなくなっても安心だ』

そっと報告書を閉じてデスクに置き、私は天井を見上げた。

心底気持ちが悪かった。いっそ船酔いのせいだと思いたかった。

狂っている。——この世界は、吐き気がするほど理不尽だ。

•

廊下に出ると、座り込んだ三上がバケツに嘔吐しており、傍らにいる御巫が彼女の背をさすっていた。心なしか三上の腹部が少し膨れているように見える。

(人類に比べて胎児の成長が急速なのか？　あるいはイグが近くにいることで、呪いの効果が強まるのか……？)

呪いの子としてヘビ人間たちに迫害され、アンノウンとして人間の研究者たちに過酷な実験を強いられてきた彼女の苦しみは想像を絶する。その痩せ細った肉体に、もはや感情を捨てた方が楽だと悟ってしまうほどの惨たらしい扱いを受けてきたに違いない。

私は三上の近くまで歩くと、しゃがんで彼女と同じ目線になり、頭を下げた。

「三上、私はお前に謝罪しなければならない」

「……」

三上がけだるげにこちらに視線を向ける。

「私は〝アンノウン〟がどんな生き物で、どんな仕打ちを受けていたのか知らなかった。そして気づいてすらいなかった。生体研究チームのメンバーの様子が明らかにおかしくなっていたことも、その時点ですでにヘビ人間たちがチーム内に潜入していたこともな」

三上の目が小さく見開かれる。私はさらに深く頭を下げた。

「お前に関する資料を見せてもらった。あのチームがした仕打ちも」

「……」

「彼らは人間に擬態してこの船に潜伏していたんだろう。そして三上ひとみという〝アンノウン〟を研究サンプルとして持ち込んだ。その目的はおそらく、人類のドライバ開発をあえて助けることだったんだろう。彼らにはない人類の科学力を利用し、開発を成功させた後でＲＩＤＥシステムとドライバをまとめて奪うつもりだったんだな」

「……」

「その狙い通り、早乙女をはじめ生体研究チームはお前を実験動物として酷使した。私にはそれを止めることができなかった」

「……」

「彼らはお前だけではなく人間にも支配の手を伸ばした。生体研究チームのメンバーは徐々に彼らに思考を支配され、様子がおかしくなっていたようだ」

三上は震えながら私の話を聞いている。その顔からは一切の血の気が引き、死体のような青白さを帯びている。思い出したくないことを思い出しているのかもしれない。そんな彼女の様子を、御巫は心配そうに見守っている。

「同じ船にいたにもかかわらず、私はあまりにも無関心だった。……すまなかった。つらい目に遭ったんだろう。よく耐えた。よく頑張ったな」

私の言葉に、三上の体がぴくりと反応したのが見えた。疑い、戸惑い、葛藤、いろんな感情を一瞬目に浮かべた彼女は、最後にその瞳に拒絶を宿して、胸中の波を抑制するかのような声を絞り出した。


「……私、人、食べた」


御巫が息を呑むのがわかった。私は冷静でいようとつとめて頷いた。

「君は悪くない」

「私は自分の意思で、食べた」

「君の言葉を借りるならそれは『くちなわ様のご加護』だろう？　お前は自死ができない。生きるための食事を、呪いに強制された結果だ」

「……」

三上が押し黙る。おそらく彼女の中で最も触れられたくない過去だったのだろう。その話題を出してでも私たちを突き放そうとする彼女があまりにも脆く見える。

この話題を続けるのは不健全な気もして、私は少しだけ話題をそらした。

「違和感は最初からあった。拳銃で自殺したとおぼしき男が消えているのを見たとき、お前は『食べちゃったのかな』と発言した。それはお前がヘビ人間の一員として、自分の身体と同じ大きさのものを丸呑みできることを知っていたからだ」

「あ、そういうことか……」

御巫がようやく腑に落ちた声を漏らす。それを聞いて、三上は自分が着ている入院着のような衣服をつまんだ。

「この服、その人が着ていたものなの。私のじゃなくて」

え、と御巫が驚くが、三上は構わずに続ける。

「その人は、あなたたちと同じように最初にポッドに入っていた人」

それを聞いて、私は続きを引き継いだ。

「そうか。早乙女は私と御巫の他にもう一人、タブーへの『適性』がある人間を拉致してポッドで眠らせていたんだな。どこの誰なのかはもはや知る術もないが……ヘビ人間はその被験者をポッドから引きずり出して、入院着をはぎとってお前に着せたわけだ。お前を人間側の仲間に見せかけ、スパイとして紛れ込ませるために」

「待ってよ。その人は銃で自殺したんじゃ……」

「……ううん、ヘビ人間が殺した」

戸惑う御巫に三上が静かに答える。だから血しぶきが逆の方向に飛んでいたのか、と私は妙に納得した。ヘビ人間には血が見えなかったのだから、血しぶきの方向に合わせた偽装ができなかったのだろう。

「そして別の研究員の白衣を着せることで、船内のスタッフとしてごまかしたのか。随分手の込んだことをしたな」

「私の正体がバレたら、探し物が探せないから……」

「それでも結局食べてしまったのは、御巫が死体を詮索しようとしたからか？」

「多分……」

沈黙。おそらく御巫は、三上と出会ってからこれまでのことを振り返っているのだろう。そんな御巫の様子を見て、三上はつらそうに目を伏せた。

「つらいことを思い出させたな」

三上は首を振る。その健気な仕草が今となっては痛々しい。私は少し考えた後、どうしても確認しなければならないことを尋ねた。

「お前は、どうしたいんだ」

質問の意図がわからない、といった様子の三上に補足する。

「お前が奴らのもとにいなければならない義理を感じない。だが私が知っているのはほんの一部であり、お前から見たらそうじゃない可能性もある。お前は、これからも奴らの味方でありたいか？」

「……。そうするしか、ないから」

「……本当にそうなのかな」

口を挟んだのは御巫だった。

廊下の照明がぱちぱちと明滅する。断続的な光の中で立ったまま頭を垂れた御巫の拳は強く握られていた。御巫の表情は、へらへらした笑みからは想像もつかないほど激しく歪んでいる。怒り、悔恨、悲痛、不安、そんなたぐいの感情がごちゃまぜになっている、御巫らしからぬ顔だった。

「……あのさ、くちなわ様がいなくなれば、三上さんは呪いから解放されるんだろ」

三上が衝撃を受けた表情を浮かべる。

「いなくなればって……くちなわ様に、勝つつもり……？」

「だってそいつがいる限り三上さんはずっと苦しいんだろ？　それに三上さんの中にいる子供にだって、そんな理不尽な呪いを背負わせるわけにはいかない。だから……」

「別に、もういいの。私が悪いの。くちなわ様が苦しいのは私のせいだから……」


「三上さんのせいじゃない！！！！！」


御巫が怒気交じりに叫ぶ。歪んだ表情に涙を浮かべながら、三上の横にしゃがんで彼女の青白い左手を掴む。

「そんなことは、ないんだよ。そんな風に、理不尽な扱いを全部自分のせいにして、自分のことを責めちゃだめだ」

「……」

「だってあいつらはさんざん三上さんを苦しめたんだろ？　ふざけた呪いで命を弄んで、奴隷みたいに働かせて、人間を食べさせて……そんな理不尽なこと、絶対に三上さんのせいでも、三上さんの祖先のせいでもない。許されていいわけない」

吐き捨てるように憤りを吐露してから、何かを呑み込むように続ける。

「……俺が、俺が許せないんだ……」

両手で掴んだ三上の左手を自身の額に当てて、祈るように肩を震わせる御巫。

御巫は泣いていた。彼はずっと三上の痛みを想像していたのだ。呪いという不条理に、そして暴力と支配に心を殺されてきた彼女の半生に、彼は憤りを感じている。

しかし三上は何も答えないまま、沈黙そのもので私や御巫を拒絶していた。生まれてから今日までずっと、敗北と服従のみを刷り込まれてきたのだろう。自分の左手を大事そうに握りしめながら泣き続ける御巫に、三上は全てを諦観した目を投げかけている。唇をぎゅっと結び、青白い顔には骨格が浮き出ている。

「……でも、これが私の運命だから」

どこか自らを抑圧しているような痛々しい姿に、私はある言葉を呑み込んだ。

お前は、こうなってしまうまで何度絶望し、諦めてきたんだ――。

第七章

現状を切り拓くためにしなければならないこと——それは階下に下りることだ。

メインブリッジに行けば本土に救難信号を出すことができる。このクローズドな空間の外に助けを求めることができれば、私たちたった三人の限られた力で対処するよりも生還の可能性は格段に跳ね上がるだろう。それにサブブリッジに行けば船の現在地を確認することもできる。

ただし三上の言葉を信じるなら、今、この船内には〝くちなわ様〟——イグが潜んでいる。他のヘビ人間はどれぐらいいるのだろうか。大量にいるとしたら階上に上がってこないのが不可解だから、せいぜい二〜三体だと思いたいところだ。しかし希望的観測ほど危険なものはない。

「……どう？　小沢さん」

「大丈夫だ、廊下には何もいない」

生体研究チームの部屋を後にした私たちは、階段を下りて踊り場から一階通路の先の様子を窺っていた。波が船に打ち付け、エンジンの駆動音が響く中、私は未だ見ぬ敵に気取られないよう息を殺すのに精一杯だ。ヘビ人間たちが待ち構えていることも考えていたが、廊下に気配を感じることはなかった。

階段を下りて突き当たりにあるのが、救難信号も含め船の指揮系統全てが詰まっているメインブリッジだ。廊下の左手には簡易的な航路確認や運転補助が出来るサブブリッジがあり、右手には二つの部屋――手前に生体研究室、奥に生体実験室がある。いずれも生体研究チームが〝アンノウン〟絡みで使用していた部屋だ。

三上にとっては視界に入れるのも苦痛だろう。

「三上、大丈夫か」

「……うん」

相変わらず、喜怒哀楽全てに属することのない無の表情でそう答えた。肩がかすかに震えている。それが彼女の感情表現の精一杯だ。……〝大丈夫じゃない〟と言える境遇ではないのに、無意味な質問をしてしまった。

御巫は三上の様子をより一層気にかけているようだった。腹部が膨れ、どんどん顔色が悪くなっていく三上を常に支えている。

そんな二人の様子を窺いつつ、私は暗い廊下に視界を慣らそうと目を凝らした。そこで恐るべきものを目にしてしまう。

「……なんだ、あれは」

それは、足跡と思われる痕跡。しかし、全く見覚えのない形状をしている。足の指は四本で、私たちの足よりも何倍も太くて大きい。ヘビ人間たちの三本指の足跡よりもはるかに巨大だ。それが実験室から、メインブリッジに続く道を進んでいる痕跡が見えたのだ。

「なんだよ、あのバカデカい足跡……さっきのヘビ人間の比じゃなくない？」

私の背後から覗き込んできた御巫が、同じく巨大な足跡を目にして顔を青くする。無理もないだろう、私も思わず息を呑んでしまうほどだ。


――あの足跡の持ち主が、イグ。


なぜ実験室から足跡が始まっているのかは定かではない。しかしこの足跡を見る限り、イグはメインブリッジにいるのはほぼ確実だ。考えてみれば当然のことで、巨大な身体を最も落ち着けられるのはこの船で一番広いメインブリッジだ。わざわざ狭い他の部屋にとどまる理由がない。奴らの目的がＲＩＤＥシステムなら、私たちが必ず訪れる場所で待ち構えていればいいのだから。

私は深く呼吸して自らを落ち着け、二人に方針を共有した。

「警戒が手薄の可能性が高いサブブリッジでモニターを確認する。私と三上で行こう。御巫はここで待っていてくれ」

「え、なんで俺だけここで……?」

「三上は妊娠している。見たところ胎児の成長も早いようだし、何かあったら女の私の方が対応しやすい。医学に関しても基礎的な知識ぐらいは持っているつもりだしな」

私は彼と彼女を真っ直ぐに見つめながらそう告げる。

御巫は私を強い視線で見つめていたが、やがて折れるように溜息を吐いた。

「危ないと思ったらすぐ後ろから追うからな」

「あぁ、わかった」

私は三上の手を引き、素早くサブブリッジの扉へと近づく。頑丈な扉はボコボコに変形して、外から無理やりこじ開けられたことが見て取れる。息を殺して中を覗き込むと、幸い誰もいないようだった。

三上を連れて室内に入ると、真っ先に視界に飛び込んできたのは大型のモニターだ。

モニターは外の様子を映しているのだろう。濃い黒と灰色の雲に覆われて、カメラ越しにも雨粒がわかるほどに降り注いでいる。時に光が奔ることから、雷も落ちているのがわかった。よほど荒れた天気のようだ。

「それ……」

ふと、三上が小さな声を漏らした。三上の視線の先、船の舵の傍には人の腕が転がっていた。食いちぎられたのか、腕以外のパーツが見当たらず、不気味な雰囲気が漂う。残された手には小型の機械が握られている。

私は静かに黙祷を捧げてから機械を拾い上げた。

「これはボイスレコーダーのようだな。録音データも残っている」

私はボイスレコーダーを操作し、録音データを再生した。聞こえてきたのは男の声――その声に私は聞き覚えがあった。事務的な会話しか交わしたことはないが、この船の船長の声だ。


『はぁっ、はぁっ……現在の日時……一月十六日、十五時三十四分……俺は今まで一体何をしていたんだ。あんな蛇の化け物が仲間なわけがないのに……実験室で奇妙な儀式を手伝わされて、クソッ……とんでもないことになった……！』

恐怖に竦むような、惑乱したような声。しかし、そんな状況にあっても記録を残そうという行動がこの音声を残したのだろう。

さらにレコーダーからは何かが強く殴打されるような音が聞こえてくる。

『嘘だろ、分厚い鉄の扉だぞ！　大人しく諦めろ……早く、早くこの船を停めなければ……あんな、あんなものを陸地にあげたら……あああ……！？』

次の瞬間、何かが弾け飛ぶような衝撃音と、低いダミ声のような奇っ怪な叫びが船長の声を遮った。さらに聞こえてきたのは悲痛な絶叫。恐竜を連想するような重い足音が重なり、そして――聞いたことのない、何か硬くて太い…そう、骨のようなものが砕ける異様な音が響いた。

『ああああああああああ！！！！！　……助けてっ……あああああああ！　あああ……ああ……』

次第に船長の悲鳴がフェードアウトし、骨を砕く重低音だけが静かに響いていた。その音が何なのかを私たちはもう理解していた。これは、咀嚼音だ。怪物が船長を生きたまま食っている。

皮膚と生肉を容易く貫き、骨を砕き、牙がぶつかりあう音。録音された時間はまだ続いていたが、これ以上再生していても人間の声が聞こえるとは思えなかった。

私が再生を止めると、三上は黙りこくってしまった。

「録音の中で船長が『奇妙な儀式』と言っていた。やはり事実なんだな……」

『イグ招来の儀式』。

原理はわからないがヘビ人間たちは船長や他の船員たちを一時的に洗脳し、何らかの儀式を行った。実験室に召喚された蛇神・イグはメインブリッジへ——そう考えれば、先ほどの廊下の巨大な足跡にも説明がつく。

「……この船は、どこに向かってるの？」

「私の記憶が確かであれば、最後は北海道の紋別へと向かっていたはずだ」

私は操作用の小型モニターへと視線を向けた。

モニターには自動運転中という表記がついている。表示されたマップには現在位置からの予定航路が描かれ、その終着点はやはり北海道だ。確実に陸地へと近づいている。

船の操作を試みるも、緊急時だからか、ヘビ人間たちに航路を変えられることを恐れたからかロックがかかっていて動かすことが出来ない。

「ダメだな。船長のカードキーがなければ航路の操作は出来ない。この船はもう止められない、ということだ」

「……じゃあ、このまま…？」

「いや、イグを上陸させるわけにはいかない。本土に連絡を取って、そうなる前にどうにかするしかない」

「……連絡が取れたとして、どうにかできるなんて……？」

「確かにな。――しかし、船ごと沈没させたらどうだ？」

「……船ごと？」

三上が驚いたように目を丸くして私を見た。

「今は真冬のオホーツク海近辺だ。海の温度は著しく下がっている」

私が言うと、三上が何かを思い出そうとするように目を細める。私もまた、御巫が書棚の本を適当に取ってしゃべっていたことを思い返していた。

――ヘビって寒いと強制的に冬眠しちゃうんだって。

「……寒い海に落とせば、活動が止まる？」

三上の言葉に私は頷いた。

「その通りだ。船そのものを破壊すれば沈めてしまえるだろう？」

「でも船を沈めたら私たちも……」

「そう。だから私たちがすべきことは、メインブリッジで救難信号を出すことだ。脱出さえ出来れば、後は船を沈めるだけでいいからな」

「でも……」

「わかっている、これは机上の空論に過ぎない。だが、やらないという選択肢はない。お前が心中したいというなら話は変わってくるが」

「……死ねるなら、死んだ方がいい。終わりにしたい」

三上が静かに自らの腹部をなぞった。

私は深く吐息をつき、彼女の手に自らの手を重ねた。信じられないほど体温が低い。三上は私の行動が不可解だと言わんばかりの目を向ける。

「三上ひとみ。私は死んでほしくない」

私は彼女の目を見つめて言った。自分の言葉が本心であることが、少しでも伝わるよう祈りながら。

「……どうして」

「私のエゴでしかないが、お前に、理不尽しか知らないまま人生を終えてほしくない」

「……私は、小沢さんと御巫さんを殺すところだった」

「私がお前の立場でもそうしていた。そうするしか生きていく術はなかったのだから」

「……」

「お前がどう考えるかは勝手だ」

三上が答えに窮して顔を伏せた。私は彼女の手を握る自分の手に力をこめる。

「無理もない。お前は今まで悪意に晒されてきたんだろう。イグに呪いをかけられ、ヘビ人間に疎外され、この船の研究員に残酷な実験を繰り返された。その全ての原因はお前ではなく、はるか遠い先祖にある。いや、それすら無かったのかもしれない。ともかく、お前にとっては理不尽以外の何物でもない。それでも受け入れざるを得なかった。不幸でいることこそが生きる意味なのだと刷り込まれた。それでも私は……」

思わず頭が熱くなる。幼い頃に優しい両親に恵まれた私には、彼女の絶望を想像しきれてはいないのだろう。だからこそ彼女を追い込んだ全ての輩が許せない。

「……お前がそう思えなくても、私は、お前に幸せになってほしい。私が許せないだけだ、これは」

彼女と初めて目が合ったような気がした。

•

女性陣がサブブリッジへと入っていくのを見送った後、俺は自分がどうするべきか考えを巡らせていた。

この期に及んでまだ悪夢を見ているだけなのではないかと期待してしまう。なにせこの船に乗せられてから現実味のないことばかりだ。グロテスクな死体ばかり見て、怪物に襲われ、変身した自分がそいつらを殺して、そして父親の遺体と対面して――しまいには異星人の侵略などという眉唾話、そして三上さんが蛇の呪いにかかっているときた。

問題は山積みだが、俺が今最もやるべきことは何か？

目を瞑って浮かび上がるのは、どうしても三上さんの顔だった。

（やっぱり、三上さんを助けたい）

それは俺のエゴなのかもしれない。わかっている。わかっているが、それでもどうにかして彼女の呪いを解くことはできないのだろうか。〝くちなわ様〟……三上さんがイグと呼んでいた化け物を倒す以外に方法があるなら、そのヒントだけでも掴みたいと思ってしまう。

――生体研究室。明らかに階上の「生体研究チーム」と関係のある部屋だろう。

〝アンノウン〟、つまり三上さんについて研究していた部署の持ち場だ。もしかしたら生体研究室にも三上さんの呪いを解く手がかりが眠っているかもしれない。

「……ごめん、小沢さん。単独行動します」

時間は無限にあるとは限らない。イグとやらが、いつメインブリッジから出てくるかわからない。それなら時間は貴重だ。

勝手なことをするな、と小沢さんが怒る顔が目に浮かんだので先に謝っておいた。

細心の注意を払いながら生体研究室へと踏み込んだ。室内はモニターと大きな本棚を据えたつくりになっている。奥にはガラスによって隔てられた実験室が見えた。

ガラス越しに見た実験室の床を見て俺はぞっとした。床の中央には赤黒い何かで大きく紋様が描かれていた――赤いペンキなんかじゃない、明らかに血液だ。そして描かれている紋様は階上で掲げられていた旗にあったのと同じものだった。

「……あの足跡もあるな」

小沢さんが廊下で見つけた巨大な足跡。それと全く同じものが、実験室の中央から外に向かっている。堅牢そうな扉へと続いていて、分厚い扉が無惨にも引き千切られているのが見える。その向こうはガラスの反射もあってよく見えないが、今しがた自分が歩いてきた通路に繋がっていることは間違いない。

おそらく足跡の主はイグなる怪物なのだろうが、違和感を抱いてしまうのは足跡の出発点だ。血で描かれた円形紋様の中央からスタートしている。イグはどこから来たのだろうか。早乙女開発室で見たような仕掛けも無さそうだ。――ぞっとするような想像が広がる。まるで何かの儀式で、異世界から現れたように見えるのだ。

「B級パニックホラーって、当事者になるとちゃんと怖いんだな……」

おどけた独り言で自分を落ち着かせながら俺は室内を見渡した。本棚に近づくと、一番目立つ箇所に〝十二月度実験報告書〟と書かれたファイルが収納されている。実験とはもしやアンノウンに関するものだろうか。

内容が気になって俺は報告書を開いた。そしてすぐに後悔した。

『十二月　アンノウン実験報告書

○睡眠遮断実験
アンノウンの苦しむ姿は、くちなわ様へ捧げる至高の献上物なのだとか。

アンノウンを直立状態のまま固定し、定期的に電気ショックを与えて睡眠時間を与えなかった。

五日目から嘔吐、気絶を繰り返し衰弱状態に陥る。

耐久力はこの程度のものか。

○再生能力検証実験
自己治癒能力の程度を観察する実験。

まずは指を1本ずつ切り落とした。すると緩やかであるものの再生を始めた。

指の次は腕、腿と続けていく。痛覚の有無は表情から確認できる。

いい気味だ。

何か私には目的があったような気もするが、つまらない実験ばかりになってしまった。

後で過去の報告書にでも目を通しておこうか。

○血液検査
人類を救い、進化させるのはくちなわ様だという。

今こそ、この場所にかの神を呼び寄せる時である。

招来の儀式にはアンノウンの血液が必要だ。

彼らは赤色が見えないので、私が代わりに行う。

あぁ、そうだ。

私は人類をより進化させるために研究をしていたのだった。今日は偉大な日となるだろう！　この場面に立ち会えたことに感謝を捧げなければ！』


最後の方は、筆跡が随分と乱れているように見えた。正気を失ったまま、ヘビ人間たちにいいように利用されてしまったというのだろうか。

――いや、そんなことよりも。

俺は嘔吐しそうになるのを必死に堪えた。憤怒や悲しみや悔しさがないまぜになった、自分の知らない感情が五臓六腑をのたうち回っていた。

〝アンノウン〟という実験動物として最底辺の扱いを受けていた三上さんの過去を、その事実を、改めて目の当たりにしてしまい、俺は怒っていいのか泣いていいのかわからなくなってしまった。

先ほど小沢さんが三上さんと話していた時、「人を食べた」と三上さんは言っていた。あのときは半信半疑だったがこの報告書を見ると確信に変わっていく。ここに書かれている仕打ちは、彼女の尊厳を踏みにじる暴挙だ。いや、この実験すら今まで彼女が受けてきた仕打ちの延長線でしかないのではないか。ぞわりと毛が逆立ち、嫌な汗が噴き出してくる。

冷静になろうとして深呼吸した。そしてもう一度同じ箇所を読み返す。「血液検査」というチャプターの描写がいやに気になる。「今こそ、この場所にかの神を呼び寄せる時である。招来の儀式にはアンノウンの血液が必要だ」だって？

実験室の床に見える大きな赤黒いサークル。あれはもしや、蛇神・イグを呼び寄せるための儀式に使われたものなのだろうか。だとしたらあのサークルは、三上さんの血で描かれたのだろうか。

そういえば三上さんの腕の注射痕は、俺や小沢さんのそれより心なしか大きかった気がする。ヘビ人間に操られた研究員たちが三上さんから大量の血を抜いた痕だったのだろうか。

「……ふざけんな……！」

どれだけ三上さんの心を、身体を、踏みにじれば気が済むんだ。
これで終わりなのか、他に手がかりはもうないのか？　報告書の続きは空白が続いていたが、ぱらぱらとめくってみると最後のページに手書きで何かが書かれていた。藁にも縋る思いで読んでみた。

『くちなわ様は、ヘビ種族と例外なくひとつに繋がっているという。
ヘビとはくちなわ様であり、くちなわ様はヘビなのである。
もしも、くちなわ様の依代が致命的損傷を負った場合、近辺にいるヘビ種族の精神と身体を乗っ取り、命を繋ぎ続けるのだ。なんと素晴らしい！　永遠とは確かに存在していたのだ！』

すっ、と血の気が引いた。ヘビ種族。文字を追っていた指がそこでピタリと止まる。

旗の裏にあった血文字。〝お前らはヘビから随分と進化した生物だが、その実ヘビの特徴はそのままだ。〟そう書いてあった。三上さんは、赤色が見えなかった。このメモが事実なら、三上さんは……。


いや、事実なはずがない。別の個体の精神と身体を乗っ取り、命を繋ぎ続ける？　まさにSFの世界だ。そんなもの認められるわけがない。そんな風に思考を巡らせてみる。

が、腹の底ではわかっていた。おそらく、これは事実であることを。

俺は歯ぎしりした。奥歯が砕けるのではないかと思うほど強く。

この最後のページに書かれている通りなら、イグを倒してはならないということになる。

三上さんが本当にヘビ種族だとしたら、そしてもしイグを倒してしまったら、三上さんの精神と身体を乗っ取ってイグは生き延びることになる。三上さんはどうなる？

そんなこと、許されていいはずがない。

•

「──なんだと？　御巫、それは確かな情報なのか」

五分後、俺たち三人は通路で合流していた。俺が部屋を出ると既に小沢さんと三上さんが待っていて、どこに行っていたのかという目つきで小沢さんは俺を睨みつけてきた。そこで俺は単独行動していたことを謝った上で、今収集してきた情報を伝えたのだ。

「書かれてることが本当なら、ね」

俺は実験報告書のファイルを小沢さんに渡す。小沢さんは素早くページをめくり、俺の数倍の速さで概要を理解したようだった。

「なるほど。個体から個体へと継がれていくシステムだとすれば、イグと呼ばれる存在が紀元前から実在していることにも説明がつく。神とかいう曖昧な存在でなく、一個体の生物と知れて安心したよ」

「小沢さん、そんなことで納得してる場合じゃ……」

「わかっている。三上を助けるためには、イグから距離をとる必要があるな」

「……でも、距離をとるってどこまで？」

「私には答えようがない」

俺は三上さんを見る。三上さんは全てを諦めたようにじっと床を見つめていた。

「なあ、三上さんにはわからないか？　どれぐらい遠くにいれば、イグに乗っ取られずにすむんだ？」

「……」

「三上さん。頼む、知ってることを教えてくれ」

三上さんは何も言わない。

「もし、何もかもうまくいって救助が呼べて、三上さんを逃がすことが出来ても、イグって奴が生きている限りずっと脅かされるってことだろ……？　殺そうとしてもヘビがいれば何度でも蘇る……なんだよそれ……！」

「御巫、落ち着け」

「でも、小沢さん……」

「今できることをやるしかないんだ、私たちは！」

小沢さんの口調に珍しく苛立ちがこもる。それは理解の範疇を超える不条理への苛立ち、そしてこの悲劇に何も対処できない自らの無力への苛立ちなのかもしれない。小沢さんもまた苦しんでいるのが伝わってきて、俺は思わず口をつぐんだ。

「いいか、御巫。お前は三上を守り切れ」

「え……」

俺と同時に三上さんも目を見張る。小沢さんは強い意思で告げた。

「メインブリッジのイグは私がなんとかする。お前たちは自分たちの命を優先するんだ」

「何言ってんだよ。小沢さん一人に押し付けられるわけないだろ」

「素人に手を出されるほうが厄介だよ。……それに、三上をイグから離れた場所で行動させるためにも必要なことだ」

小沢さんはどこから拾ってきたのか、船内の図面を広げて俺たちに見せた。その中に描かれているメインブリッジを指さす。

「これからこのメインブリッジへと向かうが、私はＲＩＤＥシステムを使ってイグの足止めを行う。その間に御巫と三上、お前たちにはやってもらいたいことがある」

「やってもらいたいこと……？」

「まず一つ、船のセキュリティを解除すること。私たちが最初に外の状況を確認した扉のことは覚えているな？」

「……ロックがかかってて開かなかった扉？」

御巫が言っているのは、私たちが目覚めた後、接近してきたヘビ人間たちから逃げ出した先にあった扉のことだ。共通の認識が出来ていることを確認して、私は頷いてから言葉を続ける。

「あれは資材の搬入口だ。そのロックをメインブリッジで解除することが出来る。外に出るのなら、ロックは外しておかなければならない」

「それはそうだろうけど、でも……」

「次に船内の全照明を作動させてほしい。外は荒天だ、救助を呼べたとしても船を見つけるのに時間がかかるかもしれない。だからこそこの船の存在を報せるために明かりをつけるんだ。発見の確率を少しでも上げるために」

「ねえ、聞いてよ小沢さん」

「最後に、救難信号を出してくれ。救助を呼ぶには操縦席付近にある緊急時のボタンを押す必要がある。おそらく確認のために船員番号を求められるだろう。問われたなら私の船員番号を伝えるんだ。一番話が早い」

「小沢さんってば」

「この方法なら三上はイグに近づかずに済む。うまくいけばイグが三上の心身を乗っ取らない距離をとれる。先に脱出すれば安全圏まで逃げられるかもしれない。私がイグと交戦して時間を稼げば――」

「小沢さん！」

俺は小沢さんの肩を掴んだ。

「何考えてんだよ！　なんで小沢さん一人が犠牲になる計算なんだよ？」

「勝手に私が死ぬ算段を立てるな。言っただろう、この事態を招いた責任は私にある。それに、……たとえ今回の件が無かったとしても、これは私の使命だ」

小沢さんは何でもないことのように告げる。彼女の手は胸元のロケットペンダントを握り締めていた。

「御巫、お前は自分と三上を救うことに命をかけてくれ」

「そんなのダメだ。俺も戦う。もう一度ＲＩＤＥなんとかで……」

「変身は出来ない。身体的負荷が大きいと言ったはずだ。お前みたいなバカが現れないようにＤシリーズのドライバは変身してから二十四時間内に再び変身出来ないようになっている」

「けど……」

「ヒーローごっこも大概にしろ。いいから三上を守るんだ！」

あえて冷たく突き放すような彼女の言い方にカッとなる。

短い時間一緒にいただけだが、知っている。小沢さんは優しい人なんだ。だからこそ死なせたくない。

俺は懐に手を突っ込んだ。今俺の手元には白い拳銃と弾丸、そしてタブードライバ……いや、これは人間が手を出していい代物じゃない。

次の瞬間、ゴボッと液体が流れ出る音が聞こえた。見ると三上さんが壁に手をついて床へと嘔吐している。うっすらと汗をかいていて呼吸も浅くなっていた。まるで巨大な風船のように、嘘のように腹部が膨れている。

「三上さん！」

俺は慌てて駆け寄った。三上さんの顔色が明らかに悪くなっている。イグとの距離が近づいたことで、呪いの効果が強まっているのだろうか。だとしたらタイムリミットはもう幾ばくも無いのかもしれない。

俺がどうすればいいかわからず焦っていると、三上さんはうっすらと開いた眼で俺と小沢さんを見つめた。

「なんで……？」

「え？」

「どうして、助けようと、するの……私は、化け物なんだよ」

俺は小沢さんと目を合わせた。小沢さんが頷く。今、俺たちは同じ気持ちで三上さんに向き合っていた。俺はぐっと息を呑み込んで、三上さんに語りかけた。

「三上さんあのね。俺、三上さんに、三上さんのことを責めるのをやめてほしいんだ」

「……」

「……俺の母さん、死んじゃったんだけどね。母さんがよく言ってくれたんだ。『ちさとが生まれてきてくれてよかった』って」

三上さんの表情は驚愕しているように見えた。俺は彼女を真っ直ぐ見つめる。

「俺は何にもとりえがなくて、父さんにも見捨てられたぐらいの出来損ないだったけど、母さんはずっと俺を認めてくれた。『母さんは俺のせいで不幸になったんだ』って何度も自分を責めたけど、母さんが何度もそう言ってくれたから、ああ、俺は生きてていいんだって思えた。……結局、俺が孝行する前に死んじゃったけど……」

驚いていたのは小沢さんも同様だった。へらへらと笑っていた俺が急に自分語りを始めたのが意外だったのか、それとも自分の出自を重ねているのか——俺はまとまっていない言葉をなんとか形にしようとつとめた。

「だからなんかさ、三上さんが『私のせい』って自分のことを呪ってるのを見ると苦しいんだ。三上さんのせいじゃないのに。うまく言えないけど……生まれてきてよかったとか、生きてていいんだとか、そう思ってほしいんだ、三上さんに幸せになってほしいんだ」

「……」

「元気な赤ちゃんを産もう。で、その子に言ってやってくれよ。『あなたが生まれてきてくれてよかった』ってさ」

抑制しようとしても勝手に声が震えてしまう。気づくと俺はぼろぼろと涙を流していて、それをごまかすように三上さんの手を握った。彼女も小さく震えているのがわかった。

「……勝手に母親重ねてんじゃねえよって思うかもしれない。それでもいい、俺は……俺のエゴで、三上さんの呪いを解きたいんだよ……！」

三上さんが困惑しているのがわかる。たったこれだけの善意を向けられることすら彼女の人生には無かったのだろうと想像できてしまって、さらに歯がゆく苦しい気持ちになった。

　迷って、目をうろうろとさせて、最後に自分の手元を見て……ぽつりと、三上さんが言った。

「……空……」


「空？」

「……この地球上で唯一、空だけがくちなわ様の干渉を免れる。蛇族は地上や地中ならどこへでも這うけれど、空は飛べないから……」

　俺と小沢さんは顔を見合わせた。

　——つまり上空に三上さんを逃がせば、イグに身体を乗っ取られることはない。

「決まりだな。やはり救難信号を出すことが最優先だ」

　小沢さんが断言すると、三上さんは首を左右に振った。

「……でも、あの、私は、二人に、死んでほしく、ない……」

　三上さんが初めて自分の意思を示してくれた気がする。

　三上さんの瞳は波のように潤んでいた。きれいな瞳だな、と状況に合わない感想を抱く。

　ねえ三上さん、俺は嬉しかったんだ。空のことを教えてくれたのは、呪いから逃れる一ミリメートルの可能性を、希望を、俺たちを、君が少しでも信じてくれたからだと思ったから。

この場の誰もが、お互いに死んでほしくないと願っていた。短い時間でそこまで想い合える間柄になったことは小さな奇跡のようだった。

——生きて帰ろう。

•

メインブリッジの扉の向こうからは、シューシューと不気味な音が聞こえていた。鼻腔から空気が漏れ出る音だけで、本能的に危険だとわかる気配を感じさせる。

扉を開ければそこは別世界なのかもしれない。今まで生きてきて出会わなかったのが幸運としか言い表せないほどの、怪物たちの魔境が広がっているのかもしれない。

俺は三上さんの手を握った。彼女を安心させようとしたのだが、お互いに手汗が激しいうえにひどく震えていた。俺の緊張も彼女に伝わってしまっているかもしれない。

先頭に立つ小沢さんがドライバを握りしめ、扉を開けた。重たい金属音。暗闇に目を慣らそうと、俺と小沢さんは目を凝らす。三上さんが息を呑むのがわかった。

闇の中に、黒い鱗を輝かせる巨体が君臨していた。

周囲に侍るヘビ人間たちとも、そして俺たち自身とも、生物としての格が違う。その風格は美しく気高く、初めて見たにもかかわらず畏れすら抱いてしまう。

気づけば俺は自然と口を開いていた。

「ああ……くちなわ様……」

畏怖と従属――人はそれを神と呼ぶのかもしれない。

第八章

何のために生きているのか、ずっとわからなかった。

私の先祖は人間と恋に落ちたのだそうだ。異星に起源を持ち、古代から繁栄してきた蛇族——その情報を先祖は想い人に伝えた。ところが想い人の意図せぬところで人間側がその情報を利用し、蛇族を支配下に置こうとした。大規模な殲滅が起こり、私たちの民族は根絶やしとなり、その数は激減した。

結果的に私の先祖は同胞を裏切った形になった。その事件に激怒なさったのはくちなわ様だった。くちなわ様は私たちの神であり父たる存在である。その怒りに触れたものがただで生きていられるはずもなかった。

くちなわ様は私の先祖に呪いをおかけになった。生まれてくる子供が人間と同じ姿になるように、そして子供が母親の腹を食い破って生まれてくるように。その時のショックで母親は死んでしまう。そして、その呪いは次の子供へと引き継がれていく。

だから私は母の顔を知らない。私もまた母親の命を奪って生まれてきたのだから。「三上」

の姓は私の先祖が婚姻関係を結んだ人間のものだという。

そして「ひとみ」という名前は、死ぬ前に母が残してくれたそうだ。

しかし絶命の瞬間まで私を想ってくれていた母の愛は、私にとって想像することすら怖いものだった。物心つく頃には既に理解していたのだ。私は他の個体たちとは違う。私という存在は虐げられるためにあるのだと。

かつて罪を犯した先祖の呪いを継いだ母親、その腹を突き破るようにして生まれた呪いの子。ヘビ人間でありながら、同胞にものけ者にされる異端者。かといって同じ姿である人間にも交ざることができない異形の子。居場所を失い暗闇を永遠にさまよう罪人の末裔、それが私だった。

「お前の存在意義はただ苦しむことだ」。見せしめとして罰を受けるのが私の使命だった。

くちなわ様は今でも私の先祖への恨みを忘れていない。決して呪いは緩めない。もう二度と自分を裏切る者が現れないように。裏切りには贖いを。

私の苦痛が彼らの悦びになる。ゆえに私の苦痛は終わることはない。

唯一許される終わりは、私と同じように呪いの子を産むことだ。

私にはその方がつらかった。自分の身体に宿った子に、同じような苦しみを継がせたくはない。どうにか私で終わりにできないのだろうか。いや、こんなことは私の母親や祖母、その前の先祖までもが考えてきたことなのだろうか——。感情がどこまでも擦り切れて、救いなどない日々が続いた。

私は自身の宿命に抗う意思を失っていった。疲れた。苦しむことに慣れてしまい、動じなくなってしまった。期待しなければ失うものはない。心さえなくせばつらいことはない。私は幼くしてそのことを学んだ。

そんなとき、同胞たちの間にとある波紋が広がった。同胞たちがずっと探し求めていた地球上のアーティファクトを、人類が先に見つけたというのだ。ＲＩＤＥシステムと命名されたそれを実用化するため、既に人類はドライバの開発に乗り出している。長い歴史をかけて人類は高度な科学力と技術力を獲得したらしい。先を越されたのは悔やまれるが、うまくいけばＲＩＤＥシステムとドライバを一気に手に入れられる千載一遇のチャンスだ。

ただし人類単独の力ではドライバの開発は難航するだろう。


ではどうする？

——呪いの子をあえて研究サンプルとして差し出し、実験に使わせてはどうか？


同胞の間でそのアイデアがもてはやされた。彼らは地球人が自分たちへの対策としてF.A.N.Gなる組織を立ち上げたことを感知し、あえてそこに私を「異星人のサンプル」として送り込んだ。

それは彼らが新たに思いついたゲームでもあった。彼らは私を人間の研究施設に提供し、実験動物として物理的な苦痛を与えてやろうと考えたのだ。彼らの思惑通り、人間たちは私を未知の生物＝〝アンノウン〟と名付けて監禁し、様々な実験を行った。室温を活動限界まで低下させられ、海水に沈められた。再生能力を推し量るために指や足を切り落とされた。眠りを妨げるように電気ショックを与えられた。

そして最後には――。

飢えに晒され、自分と同じ姿の生物を――人間を食べさせられた。

私は人間を食べるしかなかった。

私の身体は不思議なぐらいすんなりと人間の血肉を受け入れた。私は考えることをやめた。本能が私自身を守ろうとしていた。私はゆっくりと時間をかけ、獣のように人間を食い尽くした。そんな私の陰惨な姿を同胞たちは嘲笑した。

いつまで続くのだろう、この日々は。私は不幸になるために生かされている。

――そう、生かされているのだ。私は自分の意思で生きているわけではない。だから自分が何のために生きているのかなど、わかるはずもなかったのだ。

そんなとき、私はこの二人に出会った。

死んで終わることも許されない絶望の日々の中にいた私には、この船で出会った二人の温もりが信じられなかった。今までだっていなかったわけじゃない、こういう存在は。だけど、それはより私に酷い仕打ちをするための〝餌〟に過ぎなかったり、同胞に見つかって無残にも殺されていったりした。

だから、信じない方がいい。そんな思いをするくらいなら最初から。

そう思っていたのに、この人たちはなんてしつこいんだろう。それが居心地が悪くて、どうしていいかわからなくて、……でも、忘れかけていた嬉しさを感じてしまって。最後にもう一度だけ、信じたいと、思ってしまって。失うのが怖いと思ってしまっている。またどうせ、絶望するに決まっているのに。

——幸せになってほしい。

小沢さんも御巫さんも、私にそう言ってくれた。幸せって何？

私にはわからない。わからないものになりようがない。それでも二人は真剣なまなざしで、私を助けると言ってくれている。

出会ってからまだ一日も経っていない。それなのになぜこんなにも、私という存在を勘定に入れてくれるのだろう？

わからない、わからない。

二人は教えてくれた、諦めることばかりが全てではないのだと。私が人間を食べてしまったことを知ってもなお、私のせいじゃないと言ってくれた。それだけで私はもう十分過ぎるほどに救われてしまっていた。

（この人たちには死なないでほしい……）

ああ、どうしたことだろう。
助かってほしいなんて思ったのは初めてだ。私はただの敵だったのに、彼らを死なせてしまうところだったのに。
もし人間の世界にも神様がいるのなら、この願いを聞いてほしい。蛇族の血を持つ自分の言葉など届かないかもしれないが、それでもつい祈ってしまう。
あの二人を生かして帰してあげてください。私は許されなくてもいい、私にも温もりをくれたあの人たちの命を奪わないでください。

「……もしかして、もう幸せなのかな……」

ずっと独りで生かされてきた。隣に誰かがいたことは一度もない。仲間だの友達だの味方だの、言葉としては知っていても私には現実味のない響きしか帯びていなかった。

それでも最後に、私を受け入れてくれる二人が現れた。それ自体が私にとってはもう幸せなのかもしれなかった。

ああ、お腹が痛い。膨らんでいくお腹は私に苦痛を与え続ける。

その時はそう遠くないだろうということが嫌でもわかってしまう。

私の腹を突き破って子供が産まれる時、私の死は訪れる。それは避けられない未来だ。

私の運命。


「……ごめんね」


お腹をそっと撫でる。

ごめんね、私の娘。一目見て抱きしめたかった。

こんなにつらい思いを継がせてしまってごめんね。

——小沢さん、御巫さん。あなたたちに娘を託すことができたら、と想像をしてしまう。

それが叶ったらどれほど嬉しいだろうか。

私は今、あの二人と自分のお腹にいる子だけを想っていた。もはや同胞のことなど頭になかった。結局、裏切者の子孫もまた裏切者なのかもしれない。もしそうだとしたら、こんな呪いをかけて一族を見せしめにしたくちなわ様は——イグは、至極正しい。

・

私は顔を上げた。涙で目の前が覆われているが、それでも私の前に立ってメインブリッジに入っていく二人の背中ははっきりと見える。御巫さんが私を安心させるように手を引いてくれている。温かい手を放さないように、私はぎゅっと握り返す。

そして先頭に立っている小沢さんが立ち止まった。その視線の先にいる気配を感じて、私はひゅっと息を呑んだ。私の命と魂を縛り付けてきた存在がそこに鎮座していた。

小沢さんが黒い装置を掲げる。彼女のこれからの苦難を考えると、耐えられなくなって、私は思わず声を上げた。

「……小沢さん！」

・

三上が「小沢さん」と私の名を呼ぶのを聞いて、そっと振り向いた。御巫の手を握った三上が心配そうにこちらを見つめている。

その双眸には――表情こそ変わらないものの――うっすらと涙が滲んでいる。

(会った時に比べて、随分と人間らしい顔になった)

私はにやっと笑ってみせた後、再び眼前の光景に向き合う。

もはや私の知っているメインブリッジとは様変わりしている。設備はところどころ壊され、照明器具も半分以上が機能していない。広い室内には三体のヘビ人間が徘徊しており、扉の開く金属音に反応してこちらを見てくる。そしてブリッジの中央に奴はいた。

身の丈五メートルはあるかという巨大な蛇――いや、竜にも似た巨躯。開いた扉から差し込む光が反射してぬらぬらと鈍色と漆黒の鱗が光る。シューシューと立つ規則的な音はいかにも蛇のそれだが、全身が筋肉の塊とでもいうような壮麗な体つきだ。

私の頭よりはるかに高い位置、闇の中で紅蓮の眼球だけがぎょろりと私たちを見下ろす。視線が合うなどという生易しいものではない。見られるだけで体温が下がり、身体が恐怖と狂気に服従してしまいそうな支配のまなざしだ。思わず視線をそらしてしまう。一秒でも見返していたらこっちの正気が奪われてしまいそうだ。

畏怖、などという感情を何かに抱いたのは初めてだ。神と呼ばれるのも納得する。とても人間風情が手出しをしていい存在じゃない、そんな危険信号が本能から全身へビリビリと伝わっていく。私はその感情を抑えるように笑ってみせた。

「……はは、デカすぎて不便じゃないのか、その体？」

瞳が嫌でも暗闇に慣れてくる。巨獣は2本の太い脚でその肉体を直立させ、両腕には鋭い鉤爪が光る。まるで白亜紀の肉食恐竜だ。そして大きな体躯に不釣り合いなほど、きめ細かな鱗がびっしりと敷き詰まっている。小さな羽のようにも剃刀の刃のようにも見える。

咆哮――。

太い首まで深々と続く切れ長の口から轟音が響き渡る。哮りが空間に反響し、身体がビリビリと震える。周囲のヘビ人間たちが戦闘態勢を整えるのがわかる。

まだ触れられてすらいないのに私は気圧され、立っているのがやっとだった。

（こいつをどうにかしないといけないのか……？）

まさに人知を超えた存在。こんな奴を倒さなければ活路が無いだなんてあまりに残酷ではないか。御巫や三上を助けるという使命感がなかったら、さっさと諦めて撤退戦だ。

「小沢さん……！」

御巫が心配して声をかけてくる。その声で我に返り、私は頷いた。

「問題ない。御巫、プラン通りに動くんだ。三上を頼むぞ」

神の咆哮を合図にヘビ人間たちがゆっくりとこちらに向かってくる。迫る連中を睨みつけた。

「……私は牙を研ぎ続けてきた」

理不尽に虐げられて、異星人によって蹂躙される人類。その脅威に立ち向かうために私の研究の全てはあった。

私はＲＩＤＥシステムの装置を腰にあてがう。ベルトが展開され、私の腰へと固定された。Ｄ-４ドライバの端子をソケットへと差し込む。この装備こそ今の私が用意出来る最善の手札だ。レバーを回すと作動時のメロディがうるさいほどに響き渡る。

ドライバとＲＩＤＥシステムを守ってくれた研究室の仲間たちを想いながら、そして殺された両親を想いながら、私は祈る。

——この力が、人類の希望に繋がりますように。

示さなければならないのだ。この異星人たちに、私たちの意地を、信念を。人類はお前たちに蹂躙されるだけの弱者ではないということを。目を瞑り、一呼吸だけ深呼吸。さぁ、証明の時だ。

「変身！」

音声パスワードの認証と共に、全身を金のラインが入った黒い機械装甲が覆っていく。顔はヘルメットで覆われており、青いバイザーが視界を覆う。

全身に力が漲り、どこまでも軽くなる。その感覚を確かめるように、私は手を何度か握り直してから手首を振った。

早乙女が私に取り込ませた三上のＤＮＡ因子の影響だろうか。以前のテストよりもはるかに動けそうだ。

「メギンルルダ」

「ボモギレバイロメ！」

二体のヘビ人間が謎の言語でコミュニケーションをとると、勢いよくこちらに突進してきた。空間が広いからか、先ほど遭遇したヘビ人間よりも動きが俊敏だ。二足歩行で、時にまるで蛇のように身体全体を地面に這わせて移動する。

だが今の私には問題ではない。先に踏み込んで噛みつこうとしてきたヘビ人間を打ち上げるように拳を振るった。骨が砕ける耳障りな音を立てながら敵が仰け反り、そのまま後ろから迫ってきたヘビ人間を巻き込んで後方に倒れる。

重なって倒れた二体のヘビ人間、そこにステップを踏むように迫って全力で蹴り飛ばす。二体仲良く吹っ飛び、勢いよく壁へと叩き付けられた。私に殴り飛ばされた方のヘビ人間は動かなくなり、挟まれるように壁に叩き付けられたもう一方はなんとか逃れようともがいている。

私が装備の変形をイメージすると、脳から信号が送られるかのように左腕のパーツが組み替わっていく。数秒後にはドリルとチェンソーを掛け合わせたような形状の武器が完成する。「斬る」と「刺す」を両立した、対象の破壊のみを目的とした武器だ。

「試し斬りさせてもらうぞ」

「ジャデレブメ！」

まるで制止を懇願しているかのようだ。私の両親も同じように「やめてくれ」と叫んでいた。私は慈悲を捨て去って二体同時に貫いた。両者が痙攣し、血混じりの泡を吹きながら絶命した。

だが休む暇はない。

「小沢さん！」

御巫の叫び声が聞こえた。メインブリッジの操舵機器へと向かっていく御巫と三上に、残り一体のヘビ人間が襲い掛かっていくのが見える。この距離では今から駆けつけても間に合わない。

しかし開発者である私は知っている、D-4ドライバの強みは遠隔攻撃の威力にあると。ベルトのレバー操作によって、ドライバがRIDEシステムのエネルギーを元手に新たな武器を構築する。次の瞬間には私の手元に大型のガトリング砲が組み上がった。通常の物理法則を無視したこの兵器構築こそ、RIDEシステムというオーバーテクノロジーの真価だ。そしてそれを扱えるだけのパワーが備わっていることも。

私は思い切り撃ち放した。約百発の弾丸一発一発が敵の肉体を削りとり、あっという間に蜂の巣にしてしまう。

「グガアアアッ」

あらゆる部位から体液を垂れ流し、三体目のヘビ人間がその場に倒れる。本来は戦闘機に搭載される機関砲をハンディサイズに改良したものだ。地球上で反動を制御しながら撃てるのはこのスーツぐらいのものだろう。

──やはりこのD-4、瞬間火力だけでいえばD-3より格段に上だ。

ただ調整がまだ済んでいない。このまま使っていれば身体にどんな影響が出るかはわからないし、そもそもこの変身が何秒間持続するのかも定かではない。次に瞬きしたらもう生身に戻ってしまっている可能性もある。時間との勝負だ。

「頼むぞ。御巫、三上」

私はイグへと向き直る。御巫と三上は狙いの機器のもとへと走っている。彼らからイグの注意をそらさなければ。

五メートルを超える巨体はゆっくりとこちらを見下ろしてきた。威厳に満ち、煌めく鱗のような肌は蛍光灯の薄明かりを受けて邪悪さを増す。

その目つきから奴のスタンスは読み取れるような気がした——敵意でも戦意でも殺意でもない。奴は警戒すらしていない。まるで床を這う蟻を見るように——私たちは奴の視界に入っているだけだ。奴にとって視線に意味すら生まれないほど、私はちっぽけな存在だった。

奴の威圧感に呑まれないように、そして正気に縋るために大きく息を吸い、私は構えを取り直す。そして御巫たちからさりげなく距離をとり、気を引くように笑ってみせる。

「ふふ、神と戦えるなんてな。どの程度のものか、相手してもらうぞ！」

再び左腕をドリルチェンソーに変形させ、間髪を容れずイグへと振るう。直後に響く、鈍く甲高い音。奴の鱗は想像以上に硬く、私の全体重を乗せて踏み込んだ一撃は、浅い傷すらつけられずに終わった。刃が全く食い込んでいかず、逆に刃こぼれしていく。すぐに距離をとって互いに視線を交わす。睨み合うように呼吸の間を探り、同時に踏み込んで交差する。

お返しと言わんばかりに爪が迫り、回避する。その速さは辛うじて反応できるといったところだ。装甲に覆われていても顔のすぐ横を過ぎていった爪の鋭さに冷や汗が流れ、血の気が引く。


イグが私に掴みかかろうとしてくる。大地が鳴動するかのような重厚さが一挙手一投足から放たれ、私の胸を深くざわつかせる。迫り来る巨大な掌をドリルチェンソーで受け流すように叩き払った。とは言ったものの、軌道を変えたくらいなものだ。

(全てが間一髪の綱渡りだ、やはり倒すというのは……)

D-4の性能は思っていたよりも発揮できている。自分の思うように四肢が動き、敵の動きも把握できている。変身時の効果で精神的にハイになっているのもあるが、そもそも私自身の身体能力が明らかに向上している。三上のDNA因子のおかげだろうか? 早乙女の置き土産にはうんざりだが、今だけはありがたいと感じてしまう。

しかし悔しいことに、これだけ条件を揃えても眼前の脅威を制圧できるビジョンが全く浮かんでこない。これが蛇族の父、連中に神と崇められる存在の強大さかと思い知らされる。

（落ち着け、落ち着け……こいつを倒すことが目的じゃない。御巫と三上が全ての準備を終えるまで時間を稼げればそれで良い……！）

掴もうとしてくる鉤爪を斬り払いながら、決して注意が御巫たちへと向かわないように立ち回る。

「蛇さんこちらだ！」

イグの攻撃を掻い潜り、体勢が崩れたところで私はドリルチェンソーを高速回転させる。回転した刃が肩の鱗を幾分か弾くが、イグは刃が食い込んでいく前に軽く屈むように身体を沈ませて攻撃を回避した。刹那、沈ませた身体を利用してそのまま私にタックルを仕掛けてくる。

咄嗟にドリルチェンソーを自分とイグの間に滑りこませて盾のように防ぐが、巨体から繰り出されるに相応しい強烈な衝撃が走る。左腕のパーツがベキンという音で根元から折れ、地面に金属音が響き渡る。自分も後ろに跳ぶことで衝撃を逃がすが、それでも装甲越しに痺れるような振動が腕に伝わってゆく。

「おぉおおおおッ！」

吹き飛んだ私は受け身をとり、間髪を容れずに地面を蹴って前に出る。一度でも後ろに足を向けたら、二度と心も身体も立ち向かえなくなるから。だから前に出る。懐へと飛び込むと、拳を直に腹部へ叩き込む。手の感覚は無い。さっきのタックルでおそらく拳が折れている。

一発、二発、三発、四発、続けてそのまま五発目を殴ろうとしたところで、蠅を追い払うかのように、ただ鬱陶しいと言わんばかりにイグの巨大な掌が迫る。

その一撃を後ろにステップを踏むことで回避するが、それは囮だった。その一撃を勢いにし、イグは大きく身体を回転させてそのまま尾を振るった。

一瞬で理解した。ダメだ、避けられない。避けられないのであればどうする？　次の一手を考えろ。危機を好機に変えるんだ。

「歯、食いしばれッ……！！」

そう自分に言い聞かせた直後、自身の倍ほど太さのある尾が脇腹に直撃する。鱗の塊が金属を叩く派手で耳を劈く音と、身体の内部から随分と鈍い嫌な音がした。身体がまるで野球バットがボールを打ったときのように吹っ飛んでいく。自分の視界が急速に後方へ、その後すぐに背中の鈍痛に変わって壁に衝突したのだと理解する。強すぎる痛みに、気すら失えない。しかしD-4の装甲がなければ、痛みがどうこうより上半身と下半身が分かれていたに違いない。

手痛いどころではない損傷を負ったが、意識と一緒にもう一つ手放さなかったものがあった。奴の尾だ。

「おぉ、おぉぉぉおおおおッ！！」

尻尾ごと、イグの身体を引っ張りながら持ち上げる。鋼のような重量感が全身にのしかかり、息苦しさが胸を満たす。

汗が滲み、心臓が激しく鼓動する中、ジャイアントスイングのように遠心力を利用して振り回し、イグの巨体を放り投げる。竜のように長い全身がそのまま壁へと衝突した。轟音が響き渡り、船室の壁は大きく形を変える。船内がぐらぐらと揺れるのがわかる。

——やってやった。ようやく膝をつかせてやった。

徐々に全細胞を快楽物質が支配していくのがわかる。戦闘時の苦痛を和らげるためにドライバに組み込んだプログラムだ。調整が済んでいないため、その全能感に思考を止めてしまわないよう気を付けなければ……。

御巫の怒声が聞こえてきた。御巫は三上にも無理やり頭を下げさせて、身を低くしている。

「小沢さん、周り見て投げてよ！　あっぶないって！」

「ちゃんと狙っている！　それよりも救助は！」

「ちょっと待って！　おい、今のデカい音聞いただろ！？　小沢瞳子はＲＩＤＥなんとかを使って怪物と交戦中だって！」

御巫が誰かと話しているように大声を出す。おそらくは通信先の相手と揉めているのだろうが、私がそちらを対応できない以上は頑張ってもらうしかない。

イグがゆっくりと起き上がる。Ｄ‐４の全力を以て力強く投げ飛ばしたわけだが――もちろんそうだろうなと覚悟はしつつも――多少汚れたくらいで、物ともしていない様子に思わず苦笑する。

人間の頭三つ分はあろうかというほど太い首がぐるりと捻られ、鋭い眼光が私を捉えた。ゆっくりと開いた口から放たれた咆哮がメインブリッジ全体をびりびりと震わせる。若干の苛立ちを感じさせるその咆哮から、ようやく私のことを〝目障りな害虫〟程度には認識してくれたことを察した。

「今はそれで十分だよ……！」

巨体に似合わない素早さでイグがこちらに飛び込んでくる。避ければ御巫たちのもとへと一直線だ。一瞬の判断でイグの両掌を掴んで力を結集させる。

組み合った瞬間、スピードと重さをモロに受け二メートルほど押し動かされた。腰を落としどうにか踏ん張りを利かせたが、圧倒的な膂力の差を実感せざるを得ない。機械装甲が地震のように軋みを上げ、手の骨が砕けそうになる。それでも引くわけにはいかない。

力を込めた手が悲鳴を上げる中、イグの口が大きく開いた。

（食われる……！）

呑み込まれる前に私は両脚に意識を集中させた。私のイメージに従い、両脚の装甲が組み替わっていく。二秒後には脚部の装備は六連装レッグミサイルのポッドへと変形していた。

「……っ発射！」

ポッドから小型ミサイルが放たれ、六発のうち三弾がイグの腹肉に命中した。

「グググォオオオオ！」

イグが不快とばかりにうめき声を上げて私から離れる。硬い皮膚の上からでもある程度のダメージはあったようだ。しかし、命中しなかった残りの三弾も威力を発揮してしまった。船内のあらぬ方向へと飛んでいった弾丸は、盛大に木片や金属を散らして壁に衝突した。

船内をぐらぐらと大きく揺らした。

「小沢さん、もしかしてプランC『今すぐ俺らごとこの船を沈める』に変更！？」

「違う！　すまないが諸々出し惜しみで戦える相手じゃない！」

御巫の声に謝罪を返す。六発の弾丸全てがコントロールできるほどの精度はなく、下手をすれば弾詰まりを起こして足元で爆発してしまうリスクすらあったからだ。船室の一部崩壊で済んだのはラッキーとすら言える。

押し合いのバランスを崩されたイグが後方によろめく。好機とばかりに私はジャンプしながら足を大きく振り上げた。繰り出した踵落としが重力を借りてイグの肩へと吸い込まれ、金属の塊を殴ったような鈍重な音を響かせる。相手は知らないが、蹴ったこっちの脚には痛覚が跳ね返ってくる。

蝿を払うかのように尾が迫る。風を切る音に反応し咄嗟に尾を両手で弾くが、その重量は圧倒的だ。骨がねじ曲がるような感覚が襲う。全身の機械装甲は悲鳴を響かせ、破損の兆候が表れ始めた。

圧倒的な存在を目の前に、ダメージを与えられているかどうかも不安になる。この圧迫感、この衝撃。気を強く持たねば、まるで私の存在そのものが蛇神に呑み込まれるような錯覚に陥りそうだ。

「それでも、責任を取るって決めたんでね……！」

私は地を蹴ってくちなわ様に接近する。イグは苛立たしそうに手足や尻尾を振り回した。敵の動きは大振りで隙が多い。それは人間という種族を舐めきっている油断から来るものだろう。私はその隙を突いているだけに過ぎない。

さらに私は時間制限と装甲の耐久限界という二重のリスクを抱えている。常に全力疾走を強いられるような状況に、頭の奥が締め付けられるように痛む。

「はぁッ、はぁッ……！」

荒くなる呼吸を抑制しようとつとめながら、イグの身体へと拳を連続で打ち込む。まるでびくともしない。やっと苛立たし気なうめき声を上げてくれたかと思えば、がちん、と傾げた頭の横で牙が噛み合う音が響き渡る。

「うぐっ……！！」

あと一歩で頭を噛みちぎられるところだったことを遅れて理解し、汗が噴き出た。

「おぉぉぉおおッ！！」

左右の拳でイグの胸を何度も打つ。相手が鬱陶しそうに両腕で守りの体勢を取った。その瞬間に小さくジャンプし、回転しながら勢いをつけた踵落としで先ほどダメージを与えた肩を追撃する。

「ググゴゴゴォォォオオオ！」

やっこさんがお怒りだ。ダメージからなのか、蝿がいつまでも耳元を飛び回っているからなのか、それはわからないが、反応があるというだけで十分だ。両手の鉄槌を叩き下ろし私を潰そうとしてくるが、咄嗟に後ろに跳び回避する。しかし鉄槌を振り下ろし身をかがめている姿勢のまま、スムーズにタックルに移行し追撃を放つ。回避する余裕はなかった。両手を身体の前でクロスさせて防御姿勢をとるも、ミシミシと鈍い音が身体の内から聞こえてくる。腕とあばらが数本逝ったようだ、激痛に思考が飛びかける。

「ぐぁ……あああ……ッ！」

身体が動かない。激痛もそうだが、本能がこれ以上動くことを拒否している。

そして、私の見せた隙を敵は見逃してくれなかった。次の瞬間、私はとんでもなく重い何かでねじ伏せられる。尻尾が頭上から叩き付けられ、その重量で床へと挟み込まれたのだ。

（しまった……！）

身動きをとろうにも、背中にのしかかる尻尾が重すぎてびくともしない。ただでさえこちらは骨が折れて装甲にもヒビが入っている状態だ。絶望感が脊髄をすうっと上ってくる。

殺される、殺される。

最も近く感じる死の気配。今度瞬きをしたらもう闇の中だ。先ほどまで脳を支配していた全能感が嘘のように消えていく。

ああ、お父さん、お母さん。二人とも最期はこんな気分だったんだろうか。

無力な自分を責めながら目を閉じた、その瞬間――。

「ゴテアギ＝ジャデレ！」

意味の汲み取れない言語、しかし聞き覚えのある声。

私は瞼を開いた。少し離れたところに三上ひとみが立っていた。

イグがゆらりと首を動かし、冷たい双眸を三上に向ける。三上は青白い顔でイグを見上げながら、しっかりと口を動かした。

「ヂトアギレ＝ガエレ……！」

三上がヘビ人間たちと同じ言語を話している。イグが嘲笑するように顔面を歪ませた。

両者の表情から、どんな会話が交わされているのかはなんとなく想像できた。

彼女はイグの気を引いているのだろう。私を守るため。

「……っ、ダメだ、ここから離れるんだ……！」

私が絞り出した声に、三上は首を左右に振った。

「私は、小沢さんに、死んでほしくない」

「なんで……っ」

「私は殺されることはない。……呪いの子だから」

「それでも……！」

呪いの子が神に逆らうなど、何をされるかわからない。呪いを悪化させられることも、呪いを解除して殺されることだってないとは言えない。

しかし三上は決意の表情でイグを真っ直ぐ見つめ返している。私はハッとした。数時間前に初めて出会った彼女とはまるで違っていた。自らの意思を持って、彼女自身の表情でそこに立っていた。

イグが侮蔑のようなうなり声を吐き出し、鋭い鉤爪を三上に向かって振り下ろす。私の身体では間に合わない。

「やめろっ…………っ！」

動かない三上。私の声はむなしく空気にとけていくだけだった。

刹那、予想だにしない発砲音が聞こえた。

イグの身体がぐらりと揺らぐ。その分厚い肩の肉には風穴が開き、白い煙が上がっている。イグは膝をつき、痙攣して動きを止める。

「……！？」

三上も驚愕の色を浮かべて立ち尽くしている。彼女にも想定外の出来事のようだ。何が起きた？　私が弾丸の飛んできた方向を見ると、御巫が白い銃を構えていた。

「小沢さん、終わったぞ！」

「御巫……？」

「三上さんも無茶しやがって！　もう少しで八つ裂きになるところだった！」

御巫が三上の肩を抱き、さらに私を助け起こす。

「救難信号は出せた！　甲板へ出よう！」

「ああ……！　しかしその銃は……？」

「説明は後だ、早く！」

時間にすれば僅か五分足らずが永遠にも感じた戦闘。

柄にもなく嬉し涙が出そうになった。

私はなんとか自分の足で立つと、御巫や三上と共にメインブリッジから出た。まだ変身は解けていないので、骨が折れていてもスーツが動作を補助してくれる。三上は明らかに無理をしている。顔面は蒼白、さらに発汗量が尋常ではない。お腹は……まるで大人が入っているのではないか、というほどに膨らんでいる。一刻も早く病院に――いや、呪いの影響から逃れる必要があるだろう。私は横を走る御巫に問いかけた。

「イグに撃ち込んだあの銃はなんだ？」

「開発室で見つけてきた。タブーを殺せるって書いてあった」

御巫は銃を握り締めながら、ただ前方を見つめて答える。

「それがなぜイグに有効だと？」

「確証はなかったよ、単なる直感。タブーってのはアンノウン――三上さんをベースに作られてんだろ？　タブーを殺せるってことは、蛇族にも効くんじゃないかって」

「すごいな。お前にそんな仮説検証ができるとはね」

「……遺伝、かもな」

「なんだって？」

「なんでもない。それより……」

御巫が背後を見やりながら言った。

「……ごめん、期待してたほどの効果はなかったっぽい」

私と三上も振り向き、御巫の視線の先を見た。恐ろしい光景に思わず希望を失いかける。

扉も壁もガラガラと容赦なく破壊しながら、イグが怒声を上げてメインブリッジの扉から這い出てきていた。

「ウグォオオオオオオオオオオオ！！」

ワクチンとやらは本当に効いたようだ。神として崇められ、身体が不自由になった経験などこれまで無かっただろう。目障りな蠅などではない……明確な殺意の対象となったことが、イグの咆哮から伝わってくる。

私は意を決して立ち止まり、イグに向き直った。

「三上、御巫！　お前たちは先に甲板へ向かえ！」

「でもっ……」

驚いた表情で御巫が叫ぶ。三上も不安そうな視線をこちらへ投げかけてきた。

「大丈夫だ、この位置なら負けない。巻き込まれたくなかったら早く離れてくれ！」

私が微笑んでみせると、二人は顔を見合わせて頷き、先へと進んだ。

私の言葉は嘘ではない。敵が部屋を出た時点でこちらの思うつぼだ。まっすぐこちらに向かってくる対象は格好の的でしかない。

「感謝するよ、神様とやら。こいつを試してみたかった」

私は逸る気持ちを抑え、装甲を組み替えていく。正直真っ直ぐ立つのもやっとな状態だったが、研究者としての知識欲がＲＩＤＥシステムの興奮作用に追い打ちをかける。

「こいつもテストでは弾道が安定しなくてなあ。こんな条件下でなければ使えないんだ！」

私の両肩に構築されたのは巨大な砲台だった。現段階では超火力弾頭の軌道が制御しきれないため、至近距離で対象を固定してから使う必要がある。

イグが近づいてくる――もっとだ、もっと近づいてこい――十五メートル、十メートル、ああ、折れたあばらが痛む。八メートル、五メートル……。

私は両肩のダブルバレルロケットを作動させた。発射の勢いでＤ-４でも後ろに吹っ飛ぶほどの威力。凄まじい轟音を鳴らしながら吐き出された二つの砲弾は、十分に接近してきていたイグに真っ直ぐ向かっていく。

「グォォオオオ」

爆音に蛇神の咆哮が入り交じった。イグの方もかなりのスピードを出してきていたため、砲弾の威力は倍加したようだ。

瞬く間に硝煙が廊下を満たしていく。蛇神はやっと沈黙を覚えてくれたようだった。

私はすぐに構築を解除して通常の装甲姿へと戻り、踵を返し階段を上っていく。

「小沢さん、奴は？」

「しばらくは動けない、と思いたい。脱出するまで目覚めないことを祈ろう。それよりこの状況は……？」

「それが、三上さんが……！」

階段の途中で御巫が助けを求めてきた。緊迫した空気が身体を包み込む。三上が倒れたらしく、御巫の手を借りて起き上がっているところだった。

三上の顔は真っ青でほとんど生気を失っていた。もはや歩けるのかどうかも怪しいところだ。

「はぁ……はぁ……っ、ごめん、なさい……もう、私は……置いていっても……！」

「馬鹿なことを言うな！　ここまで来てそんなことを言うなよ！」

御巫は三上を横抱きの形で持ち上げた。急に抱え上げられて驚いた三上は慌てて御巫の首に手を回し、姿勢を固定する。

「生きて帰るんだよ！　ここで三上さんを置いていったら、俺、無事に帰れたとしても死んだみたいに生きることになるんだよ！」

「……御巫さん」

「しっかり掴まっててくれよ、三上さん」

「……っ」

ぎゅっと御巫にしがみつく三上。そのまま御巫はすぐに走り始める。御巫たちを追って私も廊下を駆け抜け、最初に目覚めたポッドのある部屋を突っ切り、甲板にあがる階段を目指す。段飛ばしで階段を駆け上がり、ロックが解除された扉から甲板に飛び出した。

外は風雨が相変わらず叩き付けるような強さで降り注ぎ、身体に打ち付ける。日が沈み雨で視界が悪い中、雷鳴が轟音と共に轟いた一瞬だけは白昼のようになる。まるで嵐で海も荒れている。もし放り出されたら、まず生きて戻れないだろう。

「むっ……!?」

大きな波が船へと当たり、大きく揺れた。少しずつ船が傾いているのを感じる。

──もしや、先ほどのイグとの戦闘が船体には耐えきれなかったのか。もっと冷静に戦うべきだったと舌打ちしてしまう。

「ヘリパッドまで上がるんだ、急げ!」

ゆっくりと傾き始めているヘリパッドまで御巫と三上と共に辿り着く。三人とも雨風に晒され、髪や服が濡れて体にへばりつく。この天候ではますます三上の身体が心配だ。

「三上さん、大丈夫か？」

「……」

いよいよつらいのか、こくこくと頷く三上。

「…オッケイ、わかった。小沢さんは？」

「問題ない。あるとしたら船のほうだな」

「派手にぶっ放してたからな……あっ、あれ見ろよ！」

何かに気づいたのか御巫がはるか上空を指さした。

雨と風の音の中に、それとは異なる音が混じり始めた。真っ暗な空の中に光が見えてきて、遠い空にヘリコプターが飛んでいるのが見えた。

「救助だ！　おーい、こっちだ！！」

御巫は大きく手を振りながら叫ぶ。嵐の中でもこっちを見つけてくれたようで、ヘリは確実にこちらへと近づいてきている。御巫に船の全照明をつけさせたのは正解だった。

「助かった……！　助かったよ、三上さん！」

御巫が三上に笑いかける。三上も薄く微笑んだ。もう笑う気力も残っていないのだろうが、それでも御巫に感謝を伝えようとして口角を上げていた。私はヘリコプターの動きを確認しながら素早く告げる。

「まだ安心するのは早い。この天候ではおそらく、ヘリはここまで下りられないだろう」

「え！？　じゃあ俺ら、助からないの？」

「焦るな。おそらく梯子が下ろされる」

「梯子……！？　こんな嵐の中で？　海に落ちたら死ぬぞ？」

「スイミングスクールに通っておくべきだったな」

「でも、三上さんは……！？　こんな状態で……」

彼女の身は私も案じているところだった。私と御巫は焦燥を浮かべて三上を見つめる。三上は荒い呼吸を必死に鎮めながら、ヘリコプターを見つめている。

予想通り、ヘリは真上に寄ってきても着陸するような気配を見せない。するとヘリのドアが開き、軍服姿の男がこちらを覗いてきた。

「D-3……いや、D-4？　驚いたな、通報の内容は本当だったのか？」

「ヨーナス！」

距離がある上に天候が悪いため本来なら判別しづらかったはずだが、D-4の性能で底上げされた視聴覚が彼の顔や声を判別した。彼はF.A.N.Gの軍事部門に所属しているメンバーの一人だ。

「私だ！　小沢だ！　早速の救助に感謝する！」

「確かにその声、ドクター・オザワだな！　嵐が酷くて船上での発着は不可能だ！　申し訳ないがこれで頼む！」

救助対象が味方であることを確認すると、ヨーナスの指示によりチェーンの梯子が垂らされた。潮風でぐらぐらと揺れる、長さ十メートル超の心もとない足場。今からこれを登らなければならないのか。御巫がぐっと息を呑んだ。

「三上さんは、俺が背負って登る」

「やめた方がいい。下手をすれば二人とも海の藻屑になるぞ」

「でもっ……」

御巫が三上を心配そうに気遣う。三上はチェーンの梯子を見ると、覚悟を決めたように頷いた。

「……私、登る、よ」

「！」

「御巫、さん、言ってくれた。生きて帰る、んだって。この子も、一緒に」

三上が自分の腹部をさする。御巫が頷く。

「わかった！　先に行って。万が一落ちても、俺が絶対受け止める」

三上は潤んだ目でこくこくと頷く。そしてチェーンの梯子が最も接近したタイミングを見計らい、なんとか手を伸ばし梯子を掴んだ。身体は憔悴しきっているはずだが、最後の力を振り絞ると言わんばかりに握り締める。そして足をかけて上へと進み始めた。嵐の中で左右に揺れるヘリコプター、それに合わせて大きく揺れる足場。三上は時折休むように手足を止めて息を整えながらも、少しずつ、着実にヘリに向かっていく。

「三上さん、その調子！　頑張れ！」

「……っ」

「もうちょっとだ！　もうちょっとで三上さんは自由だ！」

不安そうに彼女を見守っている御巫に私は声をかけた。

「三上は大丈夫そうだな。御巫、次はお前だ」

「え？　でも……」

「チェーンの梯子だ。千切れることはまずない。心配するな」

「そういう問題じゃなくて！　いやいいよ、レディーファーストだろ」

「私は念のため、船を完全に破壊して海に沈める。このまま陸地まで進ませるわけにはいかないからな。最悪D-4の跳躍力ならヘリに直接飛び移れる、大丈夫だ」

「……ッ！　絶対戻ってきてよ！」

御巫が三上を見上げ、同じ梯子を登り始める。二人がヘリに乗っている間にこの船を破壊できればいい——私は深呼吸すると、再びベルトのレバーを操作した。ガトリング砲と同じ要領で構築されたのは人間の半身ほどの大きさを持つハンマーだ。ハンマーのヘッド部分にまるごとキャノン砲が格納されており、叩き付けた瞬間に対象とゼロ距離で砲撃を叩き込める戦闘用兵器の一つである。

本当なら小型ミサイルやロケットを使いたいが、イグとの戦闘で弾切れになってしまった。今のD-4で構築できる最後の武器がこのハンマーである。

(こいつも調整が足りていない……下手をすれば暴発して私ごと爆発する可能性もある。一発で決めるぞ)

私は大きくハンマーを振りかぶった。そして渾身の力を込めて船へと叩き付ける前に、想定外のことが起きた。内蔵されていたキャノン砲が火を吹いたのだ。

一瞬、何が起こったかわからないまま私は甲板へと投げ出された。やはり未完成だ、振った衝撃を感知し対象にあたったと誤認識して、砲撃が起こったのだろう。予想以上の火力に、使用者の私自身が反動を受けて転がってしまったらしい。

(だが、それでも……!)

ヘリパッドは大きく抉れ、その真下まで大きく抉るように風穴を開けていた。その大きな穴から波が入り込み、船がさらに傾いていく。元々対異星人用の火力だ。満足な運用が出来なくてもこのくらい造作もない。

「小沢さん!　大丈夫か!」

爆風で揺れてしまった梯子にしがみつきながら御巫が私の安否を確認してくる。

「大丈夫だ……!　私も今、そちらに――」

「――小沢、さん、逃げ、逃げて！！」

三上の鋭い警告。それと同時に襲いかかってきた悪寒。

ヘリパッドに開いた大きな穴。何かが恐ろしい形相で迫ってくるのが見える。

傾いていく船の中で、そんな事態などものともしないと嘲笑うように――イグが大口を開けていた。独立した生き物のようにうごめく真っ赤な舌に気を取られているうちに、その巨体からは考えられないスピードでこちらに突っ込んでくる。

「ぐぁッ！？」

体勢が十分ではなかった私は巨神の手に捕まり、首を締めながら持ち上げられた。逃れることのできない恐怖が全身を支配する。怒りに満ちた声を上げるイグの握力は強大で、一気にD-4の装甲が弾け飛んだ。

……そして無慈悲にも、変身状態が解除されてしまった。

生身の状態へと強制的に戻される。変身していたことによってごまかされていた身体中の痛覚が、津波のように全身に襲いかかる。

生身でイグの握力に耐えられるわけもなく、私自身の肉が、骨が、皮膚が、すぐに限界を迎えて形を崩される。腕を掴んで引き離そうとするもびくともしない。当然だ、私自身にもう何の力も残っていないのだから。

「ぐ……！」

「小沢さんッ！！」

「いやっ、いや……ッ！　やめて……ッ！」

御巫と三上の叫びが聞こえてくる。折れたあばらが内臓を貫いたのか、喉に血が上ってくるのを感じる。酸素が正しく回っていない。視界がじわじわと狭くなっていく。

イグが大きく口を開いて私を呑み込もうと迫ってくる。凄まじい臭気が嗅覚を麻痺させ、そのまま脳の働きまでもがシャットダウンしていくのを感じる。人知の及ばぬ神格に敬服するとはこういう気分だろうか。


——ああ、これが私の最期なのか？


ダメだ、諦めるな。楽をするな。楽をするな。考えろ。考えろ。まだ終わっていない。死んでないなら考えられる。使えるリソースはどれほどある？　手も足も出ないなら口を出すしかない。出来ることを、出来ることをするんだ。

力を振り絞って、口を動かす。——声が出ない。くそっ！　口すら出ない——。


再び銃声が響いた。

一瞬で私の身体は甲板に転がり落ちた。イグの絶叫が聞こえる。奴が私を手放したのだ。さっきと同じだ。

解放された体が即座に酸素を取り入れようと呼吸につとめる。視界を取り戻し、なんとか横に視線を向ける。

——そこには、再び御巫が白い銃を持って立っていた。梯子ではなく、甲板の上で。


「ばっ……！　お前……！」


上手く声が出ない。喉が焼けているようだ。お前が戻ってきたら、何の意味もないだろう——。

「悪い。考えたんだけど、やっぱり俺も責任はとらないと」

「せき……？」

「ああ。さっき言っただろ？　後で俺から話したいことがある、それでもう隠し事はなしだって」

御巫は軽薄な調子で笑みを浮かべている。何故か嫌な予感がした。

御巫は笑みを保ったまま、口を開いた。

「――早乙女ヒロシはさ、俺の父親なんだよね」

御巫が告げた一言に私は呆然とする。先ほど無理して発声したからか、血の味が口の中に広がっていく。

イグは体勢を整えようとしてのたうち回っている。御巫はイグに銃を向けたまま話を続けた。

「びっくりした？　俺や小沢さんに三上さんのDNA因子を取り込ませて、怪物に変身できるようにしたくそみたいな野郎がさ、生物学上は俺の父親なんだ。つってもまあ、子供の頃に絶縁されてんだけどね」

私は思わず空気を食むように口をぱくぱくさせた。喉が焼けていることもあるが、すぐに言葉が出てこなかったのだ。御巫と早乙女、その二人を結ぶ関係を口にされても全く想像が出来ない。

「最初にタブードライバ仕様設計書を見たとき、『ドクター早乙女』って名前が出てきてドキッとしたよ。親父の死体を見るまでは信じられなかった」

「……」

「小沢さん、あの男と一緒に働いてたならなんとなく想像がつくだろ。俺はあいつに何も期待されなかったんだよ、『適性がない』とか『失敗作だ』とか言われてな。それで愛想を尽かして、母さんとも離婚って訳さ」

「……そ、んな……」

苦い思いが込み上げてくる。子供に期待できないから家族を捨てる。確かにあの男がやりそうなことだ。でもだからといって――。

「お、お前が、せきにん、を、とるなんて……」

「いや、俺は責任を感じてるんだよ。三上さんにも、親父が実験台として殺した人にも」

「で、も、……」

「わかってるよ。あくまで親父がやったことであって、俺には何も関係ないって言うんだろ。でも俺は今までの人生、ずっと考えてたんだよ。俺がもっと優秀だったら？　もっと親父を納得させられていたら？　母さんは離婚されずに済んだんじゃないか、過労をきっかけに死ぬこともなかったんじゃないか。この考えは俺の頭をずっと支配してた。この先も一生そうなんだろうと思って過ごしてきた」

御巫が今までにもまして饒舌になっている。虫の知らせが強くなっていく。こいつは何を考えているんだ――？

「そう、母さんは俺のせいで死んだんだよ。母さんがどれだけつらい思いをしてきたのか間近で見てきた。それでも俺を育ててくれた。俺を自慢の息子だって言ってくれた。だから母親って凄いな、って思ってるんだ。俺に生きてていいんだって思わせてくれたあの人を心から尊敬してる。……だから、俺は三上さんにも生きてていいんだって思っててほしい。あんな目に遭っているのは納得がいかないし、呪いの子なんてふざけるなって思う。助けてあげたいって思う」

眼前で苦悶の表情を見せるイグを睨み、御巫は淡々と告げる。

私はＲＩＤＥシステムを強く掴みながら、御巫を強く睨み付ける。

「おま、ゎ、戻れ……！」

「小沢さん」

（……何故、下りてきたんだ……！）

わかっている、わかっているんだ。

私を助けるために、そして三上との約束を果たすために彼はここに来てしまったのだ。

「ありがとね。小沢さんを見てると、なんとなく母さんを思い出すよ」

御巫は身代わりと言わんばかりに真っ白な拳銃を私へと差し出した。

「ワクチンがまだ一発残っているから、必要になったら使ってくれ」

（え……？）

「代わりにこれをもらうね」

御巫は穏やかな声でそう言い、私からＲＩＤＥシステムを半ば無理やり奪い取る。

「ダメぁ……！　も、は、……使えな、い……！」

そこにイグの咆哮が聞こえてきた。奴は間もなく自由を取り戻すだろう。

「ありがとう、次は俺の番だ」

そう言って、御巫はゆっくりと立ち上がった。

不安定になっていく船上で、不思議なほどにしっかりとした姿勢で御巫が立っている。

最早、何も言葉が出てこなかった。噛んだ唇が滲み、血の味が広がる。それがただ不愉快だった。

「後は任せてくれ」

彼の声はどこまでもいつも通りで、優しげだった。


イグがついに体勢を整え、こちらに向き直った。御巫は腰にＲＩＤＥシステムを当てる。彼の手の中に握られたドライバが、壊れかかったソケットへと差し込まれる。

緑色の本体に赤い模様、Ｄ-３ではない。見る者にどこか冒涜的な胸騒ぎを感じさせるあの端子は――タブードライバだ。

頭が真っ白になる。なぜ御巫がタブーを手にしているのか。その禁忌の力を使わせることはできない。

「みかッ！　何……！」

止めようと声を荒らげるが、ゴホゴホと咳込むことしかできない。

そうしている間にも御巫は既に手をレバーにかけていた。混乱を掻き立てるような、呻き声のように禍々しい音が鳴り響く。

「……ッ！」

そのメロディに、御巫が一瞬怖じ気づくようにレバーから手を離そうとした。

しかし、逡巡するように固まっていたのは一瞬のこと。

爆音が鳴り響く。船はどんどん傾いていき、炎が上がっていく。

その中を御巫はゆっくり進んでいく。その先にはイグが巨神のように待ち構える。

御巫は振り返ることなく私に告げた。

「それじゃ、行ってくる。そっちは、任せたよ」

（……御巫！）

ああ、どうして私はこんなにも愚かなのだ。肝心なときに、取りこぼしてしまう。

銃を手渡してくれた瞬間、あいつは言っていた。

『ワクチンがまだ一発残っているから、必要になったら使ってくれ』

いまさら理解した。彼がワクチンを使えと言っていた対象はまぎれもない、彼自身だったのだ。なぜ彼がタブーを使おうとしていたことに気づかなかったのだろう。悔しさが心を貫く。

（ダメだ……そのドライバは……）

早乙女が人間の尊厳を踏みにじって開発した禁忌の力。

私には到達できなかった未知の領域。悪夢のようなその技術を実用するのが早乙女の息子だなんてどれだけ皮肉なんだ。

そんなこと、許されていいはずがない。

しかし私が止める前に、御巫はもう口を開いていた。


「――変身」


御巫が、御巫でなくなっていく。

目の前にいる異形にも劣らない、恐怖を掻き立てるような姿。もはや人とも呼べない残酷な姿へと変貌していく。皮膚の上に生えたおびただしいほどの鱗が緑色の全身にぬめぬめと光る。胸部に目のような何かがぎょろりと剝きだされる。

……あれは本当に御巫なのだろうか。そんな疑念が湧いてきそうになる。彼が本当に私たちの仲間だったのか自信がなくなってくる。そんな私の弱さを笑うかのように、御巫は手を挙げて――親指を立てて見せた。

間違いなく御巫だ。御巫以外の何者でもない。

御巫がイグに向かって突進していく。イグは新たに湧いた虫を潰さんとばかりに、太い腕を振り上げた。

流れるように鉤爪が振り下ろされる。御巫が躱したことで甲板のヘリパッドに突き刺さり、大量の木片や金属が飛び散った。船体が耐えきれないようにギシギシと呻く。ここに残っていたら生身の私は間違いなく巻き込まれて命を落とすだろう。

——御巫がしてくれたことを無に帰すわけにはいかない。

私はここから離れる決意をした。ふらつき自由が利かない四肢を叱咤して起き上がる。早くヘリに向かわなければならない。なんとか立ち上がって重心を安定させると、空へと視線を向ける。すると頭上から声が聞こえてきた。

「小沢、さん……！」

「三上……？」

三上はまだ梯子にしがみついていて、私へと視線を下ろしている。

必死な表情は怒っているようにも、泣いているようにも見えた。そんな三上に導かれるように私はタイミングを見計らって梯子へと飛びつく。彼女が目印になってくれなければ、梯子の位置を見つけるのにもっと時間がかかっただろう。

そこから船上に視線を戻すが、爆炎と煙が立ち上っていて何が起こっているのかは全く確認できない。御巫は無事なのか？　イグはどうなった？　戦いの行方はどうなっているんだ？

正直に言えば、私は三上を責めたい気持ちでいっぱいだった。なぜ御巫を止めなかった？なぜタブーを持たせたまま船上へと戻してしまった？

「放すな、って、言われた……！　……あの人、勝手に、手を離した！」

梯子にしがみつきながら、言葉を吐き出す三上。

彼女の身体はどうしようもなく震えていた。それは冷たい雨のせいか、それとも別の理由なのか。

私は何も言えず、ぐっと口を結んだ。そうだ、彼女も私と同じ気持ちなんだ。

「二人とも、早く上がれ！」

ヘリからヨーナスの声が聞こえてくる。そうだ、いつまでもこうしているわけにはいかない。

「三上」

「……！」

三上は何も言わず、頷いた。それから私たちはやるせない気持ちを吐き出すように梯子を登り始める。

「……馬鹿……！」

（……そうだな）

梯子を登っている三上の声は今にも消えそうだった。そんな彼女に同意を示しながら、私は上を目指すのだった。

そして、私たちがヘリの中へと引っ張り上げられるのと同時に、これまでで最も大きな爆発音が響き渡った。

「船が……！」

船が炎の柱を上げ、さらに傾いていく。煙が船の上で躍る中、海へと呑み込まれていく。

「ダメだ、これ以上は……！　もう離れなければ！」

「……そんな！」

操縦席から焦燥に満ちた声が聞こえてくる。三上がその声を聞いて身を乗り出そうとするのを私は肩を掴んで押し留める。

船が燃えながら沈んでいく。黒い煙が広がっていき、甲板の上がどうなっているのかもわからない――いや、もはや甲板と呼べる場所が残っているのかどうかすらも。

私はこの光景を、もうこの先忘れることは出来ないのだろう。

そして、三上が涙を零しながら悲痛な声を上げる。

「いや……いやだよ、いやぁぁああぁッ！　御巫さん、御巫さんーッ！！」

•

――コロセ。

声が、聞こえる。

――コワセ。

不愉快な声が聞こえる。

――スベテヲ。

頭の中身をやすりでかけられるような、まるで鋭い針を突き刺されるような痛みが止まらない。

どうしようもなく不愉快で堪らない。声は鳴り止まず、痛みは引かず。

――コロセ！　コワセ！　スベテヲ！

(――うるさい、うるさい、うるさい！)

頭がガンガンする。血で茹で上げられたかのように視界が真っ赤に染まっている。

あぁ、頭が痛い。

頭蓋骨の内部を直接掻き回されるかのような不快感が止まらない。

負の感情が次々と泉のように溢れ出す。目に映る全てを破壊したくて堪らない。何もかもが鬱陶しくて、力任せにぶち壊してしまいたくなる。


——皮肉だな、と思わず笑ってしまう。

子供の頃、強くなりたいと願っていた。身体能力でも知能でもいい。一つでも強みがあれば父親が振り向いてくれる、母親を喜ばせられる、そう思っていた。

到底子供に求めるようなものではないものを求め続けてきた父親。そんな父親に何も言えず、どんどん衰弱していった母親。


無力。無力。無力。

何も出来ない自分。

クソ親父がオレたちを見限って、悪意と暴力に晒されなくなっても母さんは弱り続けた。

そして、結局最後にはそのまま力尽きるように亡くなった。

オレが無力であり、母さんは死んだんだ。ああ。

（母さんが亡くなって、一度俺の世界は壊れてしまったんだろうな…）

元より灰色だった世界にヒビが入って、何もかもがどうでもよくなった。

こんな世界を壊してしまえれば、どれだけ気が楽になるだろうか。

全てを破壊したら、無力さから解き放たれるのだろうか。


「三上さん……」


今日出会ったばかりの、弱弱しい女の子の姿が脳裏に浮かぶ。彼女も絶望の淵でこんな破壊衝動を抱えたことがあったんだろうか。

知ってるんだよ俺。理不尽を呑み込むのって、苦しいじゃん。それで、苦しいって思っちゃダメだって思うと、ずっとしんどいじゃん。それでも彼女は、自分にそれを許さずに生きてきたんだ。

君の苦しみの一割も経験してないけど、近い苦しみを自分に与えてきたから、君の考えてきたことがなんとなくわかるんだ。

泣かないでほしい。

それでいて、君がつらくて泣くことを君に許してあげてほしい。

……俺は君を通して、昔の俺を救いたかったのかもしれない。

ノイズまみれの不愉快な叫び声は止まることなく、俺の感情に干渉しようとする。

——コワス！　コロセ！　コワス！　コロセ！

……ああ、そうだな。殺してやりタイな。

「……テメェも大したクソ親父よな。ヘビヤロウ」

——コロス！　コロス！　……コロス。

——コロス！　コロス！

コロス！……

——コロス！　コロス！

コロス！　コロス！

——コロス！　コロス！

コロス！　コロス！　コロス！　コロス！！！！

——……母さん。自慢してもいいか？

俺、良い男に育ったろ——？

第九章

「――以上が、本件の顛末となります」

プロジェクターから投影される光がうっすらと暗い室内を照らしている。

映し出されているのは救出用ヘリから撮影された記録映像だ。荒れ狂う海の中に炎上しながら沈んでいく船の姿が痛々しい。

その映像が終わると、部屋にいた者たちが静かにざわめき出す。

「まさか、これほどの被害が出るとは……」

「極秘研究船の沈没、ドクター早乙女及び搭乗員死亡、挙げ句の果てには肝心のＲＩＤＥシステムも紛失……」

「人類にとって大きな損失だ」

「こうも簡単に異星人たちの侵略を許してしまうとは予想だにしていませんでしたね」

「それだけ我々は油断を……いや、異星人どもが想定を超えてきたと考えるべきであろうな」

想定を超えてきた、とはなんとも便利な言葉だ。自分たちの至らなさを異星人のせいにしていれば随分と楽なことだろう。

ざわめきを沈めたのは威風堂々とした熟年の男だった。その目は鷹のように鋭くモニターを見据え、静かに吐息を吐き出す。

「我々は万全を尽くし、ＲＩＤＥシステムを人類の牙とするために力を尽くした。しかし、それでも異星人たちとのギャップは埋まっていない。この事実を正しく認識しなければならない。そして、まだ全てが失われたわけでも、人類の敗北が決まったというわけでもない」

「然様であります。失われたものは替えが利かないものばかりではありますが、そんな中であなただけでも生還してくれたことに感謝致します——小沢先生」

「いえ……。力不足でありました」

小沢先生、と呼ぶ声に私は静かに頭を下げた。

「小沢先生。今回の一件、あなたは最善を尽くした。本土に異星人が上陸するのを防いでくださった」

「ＲＩＤＥシステムの損失は大きいが、それも人類の存続があってのこと。彼らの上陸を許せばその存在を秘匿することはかなわず、大きな混乱を巻き起こす可能性があった」

「それに、失われてしまったとはいえ小沢先生は異星人を撃退できるだけの力と可能性を示した。これは人類の希望となり得ます」

「ＲＩＤＥシステムについては既に捜索の手を広げている。ＲＩＤＥシステムを回収することが出来れば、またあなたの力を借りなければならないだろう」

「心得ております」

「……多くの仲間が失われてしまった。ここで失われるのは惜しい者たちばかりだった。小沢先生にとっては複雑かもしれないが、ドクター早乙女が命を落としたのは非常に残念に思っている」

早乙女。奴の名前を出されたことで私は思わず眉を跳ねさせてしまった。

感情を表に出しかけたのを押し込めるように表情を取り繕う。

「……私も、主義主張の違いはあれど惜しい男を失ったと思っております」

「しかし、彼の研究成果は僅かとはいえ残された。小沢先生、あなた自身が彼の遺産と言っても過言ではないだろう」

「それに、例のアンノウンについてもな」

……感情を表に出さず、ただ淡々と受け流す。

そうしていると、この会議を主導していた壮齢の男が口を開く。

「報告はこれで十分だろう。小沢先生、我々は異星人に屈服するわけにはいかない。現状、切り札であったＲＩＤＥシステムは失われてしまったが、この捜索に全力を尽くす。君には今まで以上の尽力を望むことになるだろう」

「心得ております」

「我々は何度敗北しようとも、牙が折れるその日まで戦い続ける。その覚悟を持って、これからも人類のために力を尽くしてくれ」

「私はずっと、異星人との戦いに捧げる覚悟です」

「……そうか。下がり給え」


私は一礼をした後、暗闇に包まれた部屋を後にする。


部屋の外に出れば照明の灯りで照らされている。暗がりに慣れていた目が光に慣れるまで、目を閉じてしまう。

「よう、ドクター・オザワ。こってり絞られたか？」

「……ヨーナスか。すまんが忙しいんだ。それじゃあな」

「まてまてまて、もうちょっと愛想振りまいてくれても良いだろうがよ。俺は命の恩人だぜ？」

部屋を出てすぐに私は声をかけられた。声をかけてきたのは軍服を纏った男だ。

彼は私たちが船から脱出する際、駆けつけてくれたF.A.N.Gの一員だ。だから彼が命の恩人だと言うのは至極まっとうである。

「お前、私がこれまで二度三度じゃ利かないくらい命の恩人してやっているのを忘れてるのか？」

「はは……いやジョーダン……。心配して来てやったんだよ、つれないな」

軽い調子で肩を竦めてみせるヨーナス。軽薄な態度に少しだけ眉を寄せてしまう。それをごまかすように眼鏡を指で押し上げる。

「忙しいって言ってるだろう、お前と違ってな」

「そりゃ～まぁそうだろうさ。ＲＩＤＥシステム研究者の唯一の生き残りであり、あのドクター・サオトメに実験台にされた被験者だ。それはもう各方面から引っ張りだこだろうよ」

「……」

「凄い顔だな。美人が台無しだ。相変わらずサオトメがお嫌いだな、オザワは」

早乙女。その名前を聞いた私は思わず顔を顰めてしまう。ただでさえ人間的に相容れない男だったが、その他に理由は二つある。

一つはあの男が投与した因子によって、原因不明の若返り現象を起こしてしまったこと。以前は欠かせなかった眼鏡も伊達眼鏡となり、改めて身体能力が向上——というより、昔に戻っていることを確認してしまった。おかげで組織内の私の扱いは半分モルモットだ。こうした施設内での自由が許されているのも、支障のない範囲で私を放し飼いにしておくことでコントロールしやすくするという彼らなりの狙いがあるのだろう。私の行動は常に監視されている。だが——そんな程度で嘆くには、いささか生ぬるいと思えるほどの実例を目の当たりにしたばかりだ、文句は言えない。

「ところで、例の彼の処理、終わったぜ」

「……そうか」

例の彼。

早乙女の名を聞いて心苦しくなる理由のもう一つはこれだ。胸が絞られたように痛むも、それを顔に出さないように頬の内側を噛み締めた。

「一人暮らしだったし、交友関係こそ広かったものの、特に親しい人間関係もなかったらしい。失踪として処理、このまま神隠しにあったことになるだろうな」

「……神隠しか。その実、神殺しを成し遂げた男かもしれないのにな」

御巫は行方不明になった。

私たちが船から離れた後、爆発を繰り返しながら船は沈んでいった。当然、そこに残っていた御巫とイグも纏めて。

死体が揚がったという報告もなく、捜索が行われたが何の成果も上がらなかった。もっとも、万が一発見されたとしても無事である可能性は限りなく低いだろう。

「イイ男だったな、彼」

「……ああ」

「救助要請を受けたのは俺だったんだが凄い剣幕だったぜ。自分の命も危ねぇってのに、二人を助けてくれって叫んでやがったぞ」

「……父とは似ても似つかない男だった」

「……惜しいよな。最期、全部覚悟して、アンタを助けるために飛び込んだんだろう？うちのチームに欲しいくらいだ」

「あんな真似をしろと頼んではいない。タブーを使うなんて……決して許せるわけがない」

……そう、頼んでなどいなかった。私は彼に生きてほしかった。あの事態を防ぐことが出来なかった自分に苛立ちを覚えてしまう。後悔の念が押し寄せてくる。

そんな雰囲気を察したのか、ヨーナスが話題を変えた。

「しっかし、若返りなんて誰もが望む現象だよな。羨ましいぜ」

「不老長寿など私には興味がない。異星人を殺すのに使えるなら利用するが」

「おっかねえ、もうちょっとかわいいこと言ってよ。……結局、ドクター・サオトメの実駿台の中で唯一アンタだけ若返ったってのは何だったんだ？」

「私が聞きたい。が、研究第一人者であった早乙女は死んだ」

「心当たりは、全くないのか」

その一言だけ、ここまでの軽口と何か違うような、微かな違和感。

「はっ、若返りに心当たりもへったくれもあるか」

歩く速度を三段階くらい引き上げて、ヨーナスをまこうとする。

「おい、どこ行くんだよ」

「暇ではないと言っただろう？　見舞いに行かなければならないんだ」

「なるほど。あれからまだ会えてないもんな。じゃあ、彼女にもよろしく」

私は振り返ることなく、軽く片手を上げてその場を後にした。


「……ドクター・オザワ。あの様子……嘘ついている感じじゃなかったな。本当に気づいていないようだ。サオトメの研究整理をしたのが俺で良かった。本人に伝えるかどうか、さて、どうしたものかね……」

――被検体番号：デルタ2

細胞の若返りについて。

性別によるもの？　否定。

これまでの被検体にも女性は存在した。他条件が同じであるため、可能性は低い。

年齢によるもの？　否定。

これまでの被検体にも同年代は存在した。明確な生物学的違いは数年違いでは出ないため、可能性は低い。

国籍によるもの？　否定。

これまでの被検体にも……

血液型によるもの？　否定。

……

ＤＮＡによるもの？　肯定。

ＤＮＡに大幅な違い。通常０・１％程度の個人差。

デルタ2には10％以上の違いが認められる。通常ここまで違えば、人の姿をそもそもしていないはずである。

人なのだろうか？

・

ヨーナスと別れてから私が向かったのは、同じ施設内にある医療エリアだ。

医療エリアにある病室の一つにカードキーを通して入る。ベッドの上には三上がいた。

「三上」

「あっ、小沢さん」

ベッドの上で上半身だけ起こしていた三上は私に気づくと笑みを浮かべた。

「大事ないか？」

「うん、大丈夫」

「そうか……それは良かった」

相変わらず無表情に近いが――しかし、微々たる差を感じることが出来る。穏やかな笑みだ。顔色も良くなり、初対面の時とは随分と印象が違う。

はちきれんばかりに膨れ上がっていた腹部はすっかり凹んでいた。

その代わりに彼女の隣にはすやすやと寝息を立てている赤子の姿がある。

「眠っているな……」

「うん、さっき眠ったばかり」

船を脱出した後、三上の呪いは嘘のように治まった。

彼女の言うように「空」こそが唯一呪いを逃れる場所だったのだろう。そのおかげで三上は無事に出産を迎え、こうして赤子と共にいる時間を過ごせている。呪いの子ではなく、普通の赤子だ。彼女が『くちなわ様の呪い』から逃れることが出来た証なのだろう。

とはいえ、出自が人間ではない三上の自由が許されたわけではない。こうして施設で観察されながら生きていくことになる。

勿論、船にいた時よりも何倍もマシな環境と待遇だが。

「無事に生まれたようで何よりだ」

「……うん。この子の顔が見られるなんて、思ってなかった……」

三上は慈しみを以て、ベッドの隣に備えられた寝台で眠る赤子を見つめる。

私と三上の会話が気になったのか、赤子が目を覚ましてしまった。大きな目をうっすらと開いて身動きを始める。

「起こしちゃった？」

赤子は三上の腕の中に収まったことで落ち着いたのか、また眠たげに何度も瞬きを繰り返している。

「本当に……可愛い。この子を見ているだけで一日があっという間なの……」

「そうか」

この光景を私はかけがえのないものだと思う。本来、三上にはこうして赤子を抱き上げる未来はありえなかったのだから。

その未来を守ったのは、他の誰でもないあの馬鹿のおかげだ。

「……御巫さんは、見つかってないの？」

「ああ。御巫もイグも発見されていない」

「……そっか」

ぽつりと三上が呟くと、彼女は赤子を抱いたまま黙り込んでしまった。

イグは船ごと極寒の海に落ちたと思われる。たとえ生きていたとしても真冬の海だ。冬眠——眠りについているだろう。呪いが解けていることがその証左だ。だがそれは御巫の生存が絶望的であるということでもあった。それは三上もわかっているのだろう。自然と私たちの口は重たくなってしまう。

ふと、話題を変えるように三上が口を開いた。

「……私、この子の名前を考えてた」

「名前を？」

「うん。この子の名前……」


——〃ちさと〃にしようと思う。


三上が告げた名前に、私は息を呑む。

「三上、その名前は……」

「御巫さんの名前を、この子にあげたかったの」

三上は優しい手付きで赤子の頬を撫でる。母の温もりを感じたのか、赤子が嬉しそうに声を上げて無邪気に笑った。

この光景を見ていたら一番に喜んでいたはずの男がいない。それが私の胸に残った傷を思い起こさせる。

「この子に御巫さんのように元気で、明るくて、どんな困難も諦めない人になってほしいの」


後悔は大きい。怒りも、悲しみも、悔しさも、ずっとこの胸を焦がし続ける。

だからといってこの光景に喜びを感じることを否定してもいけない。これは御巫が守った尊いものなのだから。

「この子の名前を呼んであげて」

三上は真っ直ぐ私を見つめながらそう言った。

「……ちさと」

私の声に反応したのか、赤子は――ちさとは、まだよく見えていないはずの目をこちらに向けてくる。

その反応に愛おしさが込み上げてくる。私の手は自然とちさとの頭へと伸びて、彼女の肌に触れる。

温かい。とても小さな命だ。そんな感触に私は祈りを口にしてしまう。

「健やかに育ってくれ」

それが、君に与えられた何よりの祝福だから。

少しだけ視界が滲んでしまった。それをごまかすようにちさとから手を離し、眼鏡を押し上げた。

「……さて、私はもう行くよ。身体を大事にな」

「うん。……あっ、小沢さん。一つお願いがあるの……」

「何だ？」

「今度、勉強、教えてほしい。私、何も知らないから……この子に色々教えてあげられるように……」

気恥ずかしそうに三上は視線を泳がせながらそう言った。私は彼女が時計を読めなかったことを思い出した。

母親の不安そうな態度が気になったのか、ちさとがぺちぺちと三上の頬を叩いている。

そんな光景に私は思わず口角が緩んでしまった。

「もちろん」

「ありがとう……！　ちさとと一緒に待ってるね」

嬉しそうに微笑みながら三上が言った。彼女の赤い瞳は、心無しかさらに赤くなっている。

——なぁ、御巫。お前は多分、呪いを二つ解いたんだ。この笑顔を見たら、お前はきっと貰い泣きをするんだろうな。

それなのにここにいないという事実が、堪らなく苦しいよ。

外出許可が下りた後、私はF.A.N.Gの施設を出た。その足で向かったのは海だ。
施設から出て最寄りの海は、あの日の海とは懸け離れた穏やかな場所だ。暖かい潮風が凪いでいて、そよそよと私の髪を撫でていく。

「……この世界は理不尽ばかりだ」

RIDEシステムは御巫ごと再び行方知れずとなり、人類が異星人に抗うための手段は振り出しに戻ってしまった。
かといって、私に諦めるという選択肢はない。これからも異星人によって齎された理不尽と戦っていく。
両親を奪われた日からずっと変わらない誓いだ。これまでも多くの仲間の命が奪われ、その中には御巫だって含まれている。彼らのことを想うと決意はますます固くなっていく。

——御巫。

お前がタブーを使おうとしていることに気づいていれば。この胸に残った後悔が焼け跡のように消えないままだ。

浜辺へ打ち寄せる波を見ていると、御巫がひょっこりと顔を出してくるんじゃないかと思ってしまう。あのへらへらとした笑顔を見せてくれるんじゃないかと期待してしまう。

——もしもまだどこかで生きているのなら、諦めるなよ。

死体が確認されたわけではない以上、御巫が生き残っている可能性はほんの僅かでもあるはずだ。それはもはや慰めるための祈りだと心のどこかで分かりつつ、彼の死を確認するまでは私も信じることにする。


また、あの能天気で底抜けのお人好しと再会できる日が来る、と。

私は生きている。

知識も失われていない。

この身体だって前よりも自由に動く。

守り抜いてみせる。

この忌まわしくも愛おしい世界を。

「いつか、また」

夕陽が沈む海は、静かな波の音で私の呟きを呑み込んでいった。

終

ブックデザイン――コードデザインスタジオ
編集協力――あらい

原案・監修――むつー

活動歴十四年のゲーム実況者。
二〇一七年頃からＴＲＰＧ配信を開始。
以来熱中し、活動の主軸になっている。
シナリオ作者としても人気を博しており、
本著原作『壊胎』『傀逅』シリーズは累計二万五千部超えの大ヒットを記録。
『傀逅』ではＴＲＰＧシナリオ初となる展覧会を実施するなど、
シナリオ作者・配信者としてＴＲＰＧマーケットの最前線で活躍している。
最近一番買って良かったものは電気毛布。
涙もろいのが最近の悩み。

壊胎《かいたい》

2024年 1 月22日　初版発行

原案・監修／むつー
執筆協力／黒十字《くろじゅうじ》
イラスト／東西《とうざい》
発行者／山下 直久

発行／株式会社KADOKAWA
〒102-8177　東京都千代田区富士見2-13-3
電話　0570-002-301（ナビダイヤル）

印刷所／図書印刷株式会社

製本所／図書印刷株式会社

ISBN 978-4-04-897500-1　C0093